俺はまだ、
本気を出していない
4
三木なずな
Illustration さくらねこ

「ありがとうヘルメス。代わりと言ってはなんですが……用意しましたよ」
「用意？」
「ええ」
ソーラ

「な、なんだこれは」
「HHM48（ヘルメスハーレム）の精鋭たちですよ。
特に水着映えする子たちを連れてきました」

「な、何をなさいますの!?」
「お仕置だ」

エリカ
俺は手をあげて、エリカの尻めがけて思いっきり振り下ろした。お尻叩き。駄々っ子に見えたエリカの尻を思いっきり叩いた。
「反省したか？」
「はんせい……？」

「あれは……前魔王アウラ⁉」

もっと気づいたのは
やはりというか、エリカだった。
彼女は俺を見て驚愕している。
これが俺のしかけたカモフラージュ。
エリカの変装魔法を応用したものだ。
このために調べてきた、前魔王アウラの格好に変装した。
ヘルメス、
魔王になる!?

Contents

ダッシュエックス文庫

俺はまだ、本気を出していない4

三木なずな

88 うっかり二倍

ピンドスの屋敷、謁見の広間。

ミミス以下の家臣団の報告を聞き流していた。

ここ最近、領内がますます安定してきて、執務で俺がやることはほとんどなくて、話を聞いて「良きに計らえ」でほぼ済ませられるようになった。

「これが最後です、ご当主様」

ミミスはそう言って、俺を見つめた。

これまでの報告と違って、最後にきて、明らかに俺の反応が必要な口ぶり。

俺は半ば上の空だった意識をミミスに戻して、小さく頷いた。

「リナ・ミ・アイギナ殿下より要請が来ております」

「要請だと？」

俺は眉をひそめた。

なんとなく嫌な予感がしたからだ。

リナの要請……今までの経験上ろくなことがない。

が、だからといってすげなく断る訳にもいかない。

俺はでっかいため息をついて、ミミスに聞く。

「何をしろって言ってきたんだ？」

「スライムロードの討伐（とうばつ）だそうで」

「スライムロード？　また？」

「そうですな、またですな」

ミミスが静かにうなずいた。

「殿下が言うには、わが領地の境界線ギリギリのところにスライムロードがまた発生したとのことですな。それは移動するそぶりを見せていて、我々の領内でカタをつけて欲しい、ということですな」

「なるほど？」

俺は少し考えた。

話としては……別におかしなところはないな。

カノー領で発生した強力なモンスター。

それが他の貴族の領地に移動しそうな時、こっちが責任もって退治するのが筋だ。

そういうことにしとかないと、自分の領地で手に負えないモンスターを他に押しつけていいことになる。

それをやっちゃうと貴族の、統治者の資質を疑われることになる。

「そのスライムロードのことは調べたか?」

「はい」

ミミスははっきりと頷いた。

「殿下のおっしゃる通り、よそとの境目に発生し、向こうに移動するそぶりがございますな。まあ、我々が責任もってなんとかせねばなりますまい」

「そうか」

ミミスがそう言うのならそうなんだろう。

俺はすこし考えて――頷いた。

「よし、俺がやってこよう」

「よろしいのですか?」

ミミスが目を見開かせて驚く。

俺がいつもいやだいやだ面倒臭いって言ってるのを聞いてるから、あっさりとやると言ったのを驚いてるんだ。

「うだうだ言ってるよりサクッとやっちまった方がいい」

「まったくもってその通りでございますな」

しきりに頷くミミス、なんか含みがある反応だが……。

「普通のスライムロードだよな」

俺は念のために確認した。

「はい、ご当主が以前討伐した個体とほぼまったく一緒ですな」

「そうか」

ならまったく問題はないな。

俺が避けたいのは、「実はこんなにすごかった」ってのがばれることだ。

本当の実力がばれて、それでいらん面倒臭いことが増えるのを避けたい。

だから、一度やったことは問題ない。

前に出来たことをもう一度やった、それだけの話なら評価が上がることもない。

せいぜい「安定した力を出せる」くらいで、それくらいのプラス評価なら誤差の範囲だ。

「本当にただのスライムロードだよな」

「間違いないですな」

さらに念のためにミミスに確認する。

リナにこれまで色々頼まれごとをしたが。

今度こそ、何事もなく済みそうだ。

☆

次の日、ピンドスを出て、スライムロードがある場所に向かう俺。

さっさと行って、さっさとスライムロードを倒して戻ってくるつもりの俺が、移動手段として遅い馬車に乗ってるのには訳がある。

「……」

「そなたは、なぜ仏頂面(ぶっちょうづら)をしているのだ？　寝不足か？」

「逆になぜあんたがいる、リナ殿下」

馬車の向かいに座るアイギナの王族、リナをジト目で見つめた。

そう、俺が仏頂面をしているのはリナが一緒だからだ。

朝出かけようとしたら、リナがやってきて、一緒に行くと言い出したのだ。

予想外のことで断ることもできず、どさくさ紛(まぎ)れで馬車に乗せられて、一緒に旅立った。

「忘れたか、そなたは今や私の師だ」

「師？　ああ……指南役のことか」

頷くリナ。

国王の差し金で、彼女も俺のところに弟子入りしている。

どこまで本気なのか分からないから、今のところ何も教えてはいない。

「だからついてきた。魔王のような強敵との戦いは私の理解の範疇を超えるから見ていても意味はないが、スライムロード程度ならば学べることもあるだろう」

「……それだけ？」

「今回はそれだけだ」

頷くリナ。

俺はなるほど、と思った。

姉さんと違って、リナはそんなに搦め手からくることはない。

多分、今言った通りの程度の企みなんだろう。

「それに」

「それに？」

「実をいうと、そなたが『うっかり』した後に後悔し嘆くのはあまり好きではない」

「それは悪いことをした」

「一度倒したことがあるスライムロードならばそれもないだろう」

「そりゃそうだ」

リナと見つめ合う。

なるほど、今回はある意味、俺とリナの利害が一致してるような感じか。

いや、俺が一方的に駆り出されたのは間違いないから、利害の一致っていうわけでもないのかも。

それはそうとして、リナの言葉に嘘やごまかしは見当たらない。

今度こそ何事もなく終われそうだ。

☆

半日ほど馬車で進んだ後、なだらかな起伏のある草原にやってきた。

地平線がはっきりと見えて、それ以外何もないような場所だが、それ故にはっきりと見えた。

多くのスライムを従えたスライムロードが、数百メートル先にいて、集団でうごめいているのが見えた。

「さっさと片付けるか」

「ええ、見せてもらうわ」

リナは宣言通り、俺をじっと見つめた。

これからやることを絶対に見逃さないぞという決意が、ひしひしと伝わってくる。

俺は苦笑いした。

リナの真剣さに気づいたのと、本気で見るだけなのを再確認出来たからだ。

馬車をゆっくりすすめて、立ち上がって手をかざす。

前とまったくおなじだ。

モンスターを倒した後は、魔力とかの痕跡が残る。

それで、やった人間の力の程が推測出来る。

それがあるから、ますます前と同じになるのを意識する。

えっと……確か全力の十分の一くらいだっけ。

『古(いにしえ)に棲(す)み、時を育(はぐく)む、とこしえなる不変の存在。わが意に集(つど)い不浄(ふじょう)を焼き尽くせ！　始原の炎よ！』

手を突き出し、十分の一程度の力で魔法を放つ。

ドゴーン！

瞬間、スライムの群れもろとも地形が吹っ飛ばされた。

なだらかな地形だったのが、一瞬にして巨大なクレーターができあがってしまう。

「……へ？」

「……何をしているのそなたは？」

「いや、別に、なにも……」

リナが呆(あき)れ、俺は焦った。

なんだ今の？

力がコントロール出来なかった？　いやそれはない。

それは半年くらい前に出来たばっかりだし、そういう感覚じゃない。

俺は、ちゃんと十分の一に抑えたはずだ。

「すごいなこの威力……前の倍くらいはある」

「倍……あっ！」

俺ははっとした。

カオリが持ってきた瓶の中身、全能力が二倍になるというあの瓶。

あれのせい……なのか？

いや、それ以前に。

「なるほど」

「え？」

「そなたが嘘をついたようには見えぬ。つまり、そなたはあの時よりも倍強くなった。というわけだな」

「はぅ！」

いきなりのことすぎるのもあって、これまでの流れもあって。

俺は、リナにどうごまかすのか、パッとは出てこないのだった。

89 通常の200倍太い男

「ねえねえ、なんでヘルメスちゃんってそんなに頑なに本気出したくないって言ってんの？」

いつもの娼館の中で、オルティアにおっぱい枕をしてもらいながら疲れを癒やしていると、彼女がいきなりそんなことを聞いてきた。

「なんだ藪から棒に」

「だって気になるじゃん？　もういい加減バレバレなのにそれでも隠す意味って」

「ぐっ……」

ちょっと胸にグサッときた。

いい加減バレバレって……いやまあそうかもしれないなとは思っていたけど、改めて言われるとちょっと切ない気がする。

今までのうっかりとかの記憶が蘇ってきて、俺は「おっふ」とうめき声を漏らしてしまった。

「ねえ、なんで？」

「そりゃ……面倒臭いことに巻き込まれたくないからだよ。前も言ったろ」

「うーん、それは聞いてるけどさ」

「強いってのがばれるといろいろ面倒臭いんだよ。やること増えるし、頼まれごと増えるし、やむにやまれぬ事情が増えるし」

……今も大概そうなっているんだと一瞬思ったが、その考えを慌てて振り払った。

「うーん、でもさあ、ヘルメスちゃんの最近仲良くしているあの子、えっと……魔王？」

「カオリか」

「そそ。その子ってものすごく強いじゃん？　ぶっちゃけ人間なんかより」

「ああ」

「でも面倒なことになってないじゃん？　むしろ話聞いてると、強いから面倒なことを他に投げれるって感じ？」

「うーん、まあ、そうかな」

「だからさ」

オルティアは上から俺の顔をのぞき込んだ。

「ヘルメスちゃん、いっそのこと最強になって、それで面倒ごとを蹴っ飛ばせばいいんだよ」

「……」

「それがいいよ、ねっ、イケイケゴーゴーだよ」

上から俺を見つめるオルティア、ノリノリで俺をけしかける。

なんだかこれって……。

「誰かから頼まれでもした？」

「え？」

「金とかもらって、俺の説得をしてくれって頼まれたとか？　姉さんあたりとか――うわっ」

それを聞いた次の瞬間、オルティアが前兆なく立ち上がって、俺の後頭部がおっぱい枕を失ってベッドに突っ込んだ。

痛くはなかったが、いきなりのことでびっくりした。

「な、なんだいきなり」

「……」

「オルティア？」

立ち上がって、俺の真上から見下ろしてくるオルティア。

珍しく、怒っている気がした。

「どうしたんだ急に？」

「あたしは娼婦」

「ん？」

「男の人とイチャイチャする以外お金なんてもらわないもん」

「……あっ」

ふと、俺が領主を継いだ直後のことを思い出した。

あの時も同じことを言われた。

協力に感謝してお金を渡そうとしたら拒否られたんだ。

「ヘルメスちゃんひどい！　長い付き合いだからこそわかってると思ってたのに」

「わ、悪かった」

本気で怒っているオルティア。

彼女の矜持を踏みにじってしまった、デリカシーのない言葉だった。

「本当に悪い、許してくれ」

「……」

「この通りだ。なんでもする」

起き上がって、彼女と真っ直ぐ向き合って、手を合わせて頭を下げる。

これで許してもらえなかったら土下座するしかないって勢いで頭を下げた。

数十秒くらいだろうか、気まずい沈黙の後。

「本当になんでもする？」

「ああ、なんでもする！」

許してもらえそうな感じだったから顔を上げたが、オルティアの顔はまだ怒っているのでまた頭を下げた。

「じゃあ協力して」

「わかった何でもする！　何をすればいい？」

「そろそろ人気娼婦ランキングを決める時期なのね」

「人気娼婦……って、あの『客の太さ』を競うやつか」

「そっ、それ」

人気娼婦のランキング、客の太さ。

俺がいつも読んでいるいろんなオルティアの写真集でよく出てくるやつ。

有名娼婦の人気度を競い合うものだ。

「それを俺はどうすればいいんだ？　客の太さってことは、金を落とせばいいのか？」

それですむならいくらでも出すぞ。

「違う違う。あれ、客の太さっていう話だけど、オヤジギャグなのよ」

「は？」

「正式には、娼婦がついてる客が、どれくらい女を満足させられるかのランキング」

「女を満足――客の太さ……うおーい！」

オヤジギャグっていうか下ネタじゃん！

「なんでそれがランキングになるんだよ」

「例えばさ、もってる客の合計が、十人の女を満足させられるとしてね。それを満足させてる娼婦ってすごいじゃん？　ってこと。もちろん十人よりは百人、百人よりは千人ってね」

「そういうアレだったのかあれは……」

知らなきゃよかった、なんて思ったりした。

「ヘルメスちゃんそういうのもすごいじゃん？　それをチェックさせて、あたしの得点に上乗せして？」

「上乗せ？」

「うん、上乗せ」

「……なるほど」

それなら……イイかもしれない。

俺だけじゃなくて、俺の分が集団に紛れ込むということなら目立つこともない。

「……俺の名前は出ない？」

「なんで娼婦のランキングに男の名前が出るのよ。みんないやじゃん」

念のために聞いてみたけど、そりゃそうだ。

「わかった、それ、どうすればいい？」

「あたしに魔法を掛けた後に、キスをするだけ」

「それだけでいいのか？」

「それだけ。可能性とか限界とかを測ってくれるから、ごまかし利かないけどね。どうする？」

「やるよ、お詫(わ)びだからな」

「ふふ、ありがと」

オルティアは嬉しそうに破顔して、店の子を呼んできて魔法を掛けてもらった後、俺とキスをした。

前に貴族力を測った時と同じような感じがした。

「どうだ？」

「えっと……すごっ！　二百人分だって」

「それは……すごいな？」

俺も男だ、二百人の女を満足させられるという言われ方をされたら悪い気はしない。

「ありがとねヘルメスちゃん」

嬉しそうなオルティアを見て、ますます悪い気はしない俺だった。

「ふふ、これで単一部門優勝できそう」

「え？　単一？」

「うん。ほら、持ってる客の全部の太さの部門と、単一の客の太さの部門があるんだ。二百はぶっちぎりだね」

「……なあ、オルティア」

「なに?」

「俺の名前、出ないよな」

「大丈夫出ない出ない。あっでも、ヘルメスちゃんがあたしの上得意なのはみんな知ってることかな。前にインタビューで答えたし」

「……おっふ!」

オルティア……なんてことをしてくれたんだ。

90 ヘルメスの本質

「──♪」

あくる日の昼下がり、雲一つない晴れ渡った青空の下、屋敷の庭で姉さんが上機嫌に鼻歌を歌っていた。

「どうした姉さん、なんかいいことでもあったのか？」

「ヘルメス」

後ろから近づいた俺に振り向く姉さん。

ますます機嫌がよくなって、生来の美貌も相まって、姉さんを見慣れている実の弟である俺さえもどきっとするくらい美しかった。

「聞いたわ、ヘルメスの最近の活躍。それに、強さが二倍になったんですってね」

「うっ、だ、誰からそれを」

「誰からでもいいじゃないですか」

「……それはガセネタだ。まったく、姉さんともあろう者が。人間がいきなりそんな、二倍強くなれるわけないだろ」

俺は肩をすくめて首を振った。

そうして否定してみたはいいが、背中につー、といやな汗が伝っている。

「……」

姉さんはそんな俺をしばらくじっと見つめてから。

「そーい！」

いつもの豪快なフォームから、何かを青空に向かって放り投げた。

なんだ今の？　姉さんが今までこういうのをする時って何かを隠滅する時なんだが。

何を隠滅したのかが気になって、俺は姉さんが放り投げ、空の彼方の星になりかかっているそれを見た。

「――っ！」

なんてこった。

地を蹴って飛び上がり、姉さんが投げたそれを追いかける。

既に百メートルは飛んでいるそれに一瞬で追いつき、キャッチして、元の屋敷の庭に戻ってきた。

「おー、追いつくなんてすごいですね」

「何するんだ姉さん、こんなことが書いてある物を投げたら誰かに見られるだろ！」

俺はインターセプトしてきた物を姉さんに突き出す。

それはこぶし大の何かのボールだった。

ボールには姉さんの字で、「ヘルメスは魔王を倒してその力を手に入れた」と書かれている。

「書いてある文字をよく読めましたね。全力でしかも回転を掛けて投げたのに」

「おっふ！」

はめられた。

「前までだったら読めてなかったですよね」

「ね、姉さんにばれたところでへっちゃらさ」

俺は動揺して、強がりを並べた。

一方の姉さんは、そんな俺の強がりなどまったく気にもせず。

「ああ、やっぱり私の目に狂いはなかった。ヘルメスはすごい子、もっともっとすごくなれる子だったのよ」

姉さんは指を胸元に組んで、空を見上げて目をキラキラさせている。

「はあ……」

俺も天を仰いだ。

姉さんとはまったく違う意味でだ。

幸いにして、姉さんだ。

元から俺の力を知ってて、今までもあの手この手でばらそうとしていた姉さんだ。
その姉さんに、今更「倍強くなりました」ってばれてもまったく問題はない。
……ない、はずだ。
それでも天を仰いでため息をつきたくなるのはなんでだろうな。
だが、たまにそれもいい方に転がる。
今回がそのたまにだった。
天を仰いでいた俺の目が、偶然それをキャッチした。
それまで何もなかった。
染み一つない、晴れ渡った青空に、いきなり隕石が現れた。
通常の隕石は「空の上」から降ってくる。
しかし、この隕石は「空のまん中」からいきなり生まれた。
明らかに普通じゃない。
その隕石が落ちてきた、ものすごい速さで。
一直線に、ピンドスの街めがけて落ちてきた。
「くっ！」
俺は飛び出した。
姉さんが投げたボールを止める時よりもさらに速く、全速力で飛び出す。

「きゃあああ！」

「逃げろおお！」

「ママー、ママー!!」

ピンドスの街は阿鼻叫喚の騒ぎに陥っていた。

ものすごい勢いで迫ってくる隕石に、街の人々はものすごい勢いで逃げ惑う。

その落下点の、まさに中心に一人、逃げ遅れた女の子がいた。

離れたところで助けに行こうとする女がいて、その女を周りの人間が押しとどめて、ひっぱって落下点から遠ざけようとする。

俺は落下点に入った。

「もう大丈夫だ」

女の子にはそう言って、腰の剣を抜いた。

そして、飛び上がる。

落ちてくる隕石に立ち向かっていく。

落下する隕石はその分重かったが、今の俺には別段難しい相手ではない。

迎撃に飛び上がって、隕石を細々に切り刻んでから、魔法で跡形もなく吹っ飛ばす。

隕石そのものは、今まで落ちてきたことのあるのとまったく一緒で、特に問題なく吹っ飛ばせた。

空が、再び青空に戻る。

そのまま真下に着地して、周りを見て、破片とか落ちて被害が出てないかを確認する。

うん、何事もなくてよかった。

「すごい！」

「ん？」

「やっぱりすごいね、領主のおじちゃん」

「君は……どら焼きの時の……」

俺のことをキラキラする目で見つめているのは、俺が領主になった直後、痴情のもつれを収めた現場を目撃したあの女の子だ。

「大丈夫か？」

「うん！　領主のおじちゃん、ありがとう！」

「そうか」

顔見知りなだけに、この女の子に何もなくてほっとした。

それよりも、と俺は天を仰いだ。

今のでますます確信した。

あの隕石は自然発生の物じゃない。

今まで、「発生した瞬間」を見ていなかったけど、まさかこんなんだったとはな。

ますます、あれの原因を突き止めなくてはいけないと思った。

「ふふ、さすがねヘルメス」

「姉さん」

俺に少し遅れて、姉さんも街にやってきた。

その顔はますますニコニコしている。

「いや、今のは……」

「言うべきかどうか結構悩んだけど、いい加減気づかせてあげます」

「なにを?」

「ヘルメスは、困ってる人を見捨てられないのよ」

「……えっ?」

「そして、力がある」

「…………」

「だから、どのみち」


そこで一旦言葉を切った姉さん。

彼女はにっこりと。

今日、一番の素敵な笑顔を浮かべながら。

「人前で活躍する宿命なのよ」

「……」

がーん。

それは俺にとって。

絶望的な、事実だった。

91 オルティアたち

春一番が吹き荒れる中、桜吹雪（さくらふぶき）が舞い散り、綺麗（きれい）で、幻想的な雰囲気（ふんいき）を醸（かも）し出している。

「花見なのだー」

そんな桜吹雪の中で、カオリが飛んだり跳ねたりとはしゃいでいた。

元から見た目は小さかったが、そうしている姿は見た目よりもさらに幼く見えてしまう。

「えっと、なんで？」

いきなり連れてこられた俺は、まだ何が起きたのか分からずにいた。

「今日は花見なのだ」

「いや、だからなんで？　そりゃ春になれば桜で花見するのは知ってるけど」

「よくお父様としたのだ。お父様の故郷の風習、桜もその時お父様が持ち込んで大陸各地に植えたのだ」

「さりげなく歴史の裏側!?」

初めて花見の起源を聞いた気がする。

いや、俺にも何か記憶はあるんだが、カオリの言うそれとは違う。

念のために聞いてみた。

「それ、本当なのか？」

「どれなのだ？」

「花見の起源――カオリの父親が持ち込んだってのは」

「本当なのだ、私、お父様が持ち込んだ木をあっちこっちに接ぎ木や挿し木とかしたのだ」

「おおぅ……」

こりゃ間違いないみたいだ。

歴史は伝えていく過程で変わっていくのが普通だ。

それに比べて、カオリのは自分の実体験だ。

人間（カオリは魔王だけど）は記憶をいいようにねつ造する生き物だが……カオリのは嘘には聞こえなかった。

「すごいことを知ってしまったなあ……まあいいや。それよりも花見なら食べ物とか飲み物とかないとダメだろ」

「それは後で下僕（げぼく）たちが届けてくれるのだ。私は自分の分だけ持ってきたのだ」

「自分の分？」

「これなのだー」

カオリはそう言って、ドクロ——人間の頭蓋骨を取り出した。

「なんじゃそれは。ほんものか？」

「お父様が言ってたのだ、ダイロクテンの魔王が敵のドクロで蜂蜜を飲むのが嗜みだったのだ」

「どんな魔王だよ！」

それ絶対騙されてるぞ。

突っ込みつつ、俺は周りを見回した。

「どうしたのだ甥っ子ちゃん」

「えっと……花見、だけ？」

「花見だけなのだ」

「バトったりしない？」

「しないのだ。場所取りでもめごとを起こすのはダメだとお父様も言ってたのだ。ゴミもちゃんと持ち帰るのだ」

「いやゴミはどうでもいいけど……いや持ち帰るけども」

それだけなのか？

……それだけみたいだ。

どうやらカオリはそれ以上の何をするでもなく、純粋に花見をするみたい——

「そうだ、一つ忘れていたのだ」

「来たか！」

俺はぱっと身構えた。

そうだと思ってた。

そんな甘い話はないよな。

さあなんだ、何がくる。

何がきても俺は騙されて本気出さないぞ。

「どうして身構えてるのだ？」

「それよりも、何を忘れてたんだ？」

「そうなのだ。お父様は花見をする時に、人間の花も揃（そろ）えていたのだ」

「人間の花？」

「ようするに美女なのだ」

なるほど。

「だから甥っ子ちゃんのために花を用意したのだ――来たのだ」

カオリが俺の背後を見ていた。

俺は振り向いて――固まった。

「えっ……うそ……」

自分の目が信じられなかった。

向こうから歩いてくる一団、全員が知っている顔だった。

真っ正面にいるのはオルティア。

その左にいるのはオルティア。

反対側の右にいるのはオルティア。

その後ろも、さらに後ろも、その向こう側も。

全員が——オルティアだった。

そして全員、今まで買ってきた写真集に載っているオルティアだった。

例えば正面にいるのは北のオルティアと呼ばれる、白い肌にキリッとした目つきが特徴の美人だ。

その真横にいるのは三代目オルティアと呼ばれる、オルティア界の中でも珍しい、親子三代揃って娼婦かつオルティアを名乗っている可愛らしい女。

それから一歩離れるくらいの距離にいる一見地味目な少女は、狂楽のオルティア。昼間は地味目な外見だが、ひとたびベッドに上がれば激しい行為で有名だという。

そのほかにも赤いオルティア、遙かなるオルティア、妖かしの魔女オルティアなどなどなど……。

およそ有名なオルティアたちが集まって、こっちに向かってきていた。

「ふむふむ、大体揃っているみたいなのだ」

「え？　か、カオリが呼んでくれたのか？」

「そうなのだ。花は必要だし、甥っ子ちゃんはオルティアが大好きだから、それに絞って集めるだけ集めてきたのだ。ちなみに大賢者はお父様の女だから無理だったのだ」

「神様仏様カオリ様！」

俺はぱっ、とカオリに土下座した。

「ありがとうございます、お礼に何でもします、今日から下僕１０２５号になります」

「お、おう……なのだ」

今日は人生最高の日だ。

だってそうだろ？

ちょっと考えれば分かる、目の前にいるオルティアたちは、今まで写真集で見ただけの、いわば憧れの有名人たちなんだ。

それが一気に目の前に現れた、しかも――。

「イチャイチャしていいんだよな！」

「もちろんなのだ、お父様もお母様たちと色々してたのだ」

「ひゃっはー」

本当に、本当に最高の日だ。

「あら、あなたが噂の公爵様？」

「ちがうよ、大将軍様だよ」

「お前ら、時と場合をわきまえろ。お初にお目にかかります最高顧問様。オルティアと申します」

ああ……。

もう……いつ死んでも……いいや……。

オルティアたちが俺の元に集まって、ふれたり話しかけたりしてくる。

皆、実物の方が綺麗だ……。

「公爵様って格好いいんですね」

「そ、そうか？　えへへへ……」

「私、仕事だって忘れちゃいそう」

「私も……本気になって、別れた後つらくなりそうです……」

「ねえ、大将軍様って剣が得意なの？　何かやって見せて」

「まかせろ！　じゃあとりあえず剣舞から」

オルティアたちにいいところを見せたくて、俺は剣を抜き放って、舞ってみせた。

顔なじみのオルティアや、ダフネたちに教えてから、さらにブラッシュアップして、見栄えをよくした剣舞。

「わああ、すごい」

「綺麗……男の人なのに……綺麗……」

「ねえ、もっと見せて」

「おうよ！」

オルティアたちに、俺は色々やって見せた。

「うんうん、甥っ子ちゃんが楽しんでいるみたいで何よりなのだ。花見はやっぱりこうじゃなきゃなのだ。下僕1023号、私のドクロと蜂蜜を持ってくるのだ」

離れたところで、カオリは本当にドクロを持ってこさせて、それを盃にして並々にそそいだ蜂蜜を飲んだ。

それを見て、今回は罠はまったくなしだと確信した俺は、オルティアたちとのイチャイチャに専念するのだった。

そして、後日……。

☆

書斎にて、訪ねてきた姉さんが不思議そうに小首を傾げた。

「どうしたのですかヘルメス。珍しいですね、あなたが写真集を見てがっくりしているなんて」

「姉さん……」

「あらいやだ。本当に参ってるのですか？　何があったのです？」

「……はあ」

俺はため息をついた。

やっちまった、という言葉が頭の中でぐるぐる回る。

答えない俺に、姉さんは俺が開いている写真集を手に取って、パラパラとめくって見た。

「またオルティアたちの写真集ですか？　あら、前のより綺麗ですね。ポーズがいいのでしょうか」

「うぐっ」

「うぐっ？」

俺の反応に、さらに首を傾げた姉さん。

「本当にどうしたのですかヘルメス」

「……もっと見れば分かるよ」

「もっと？　どれどれ……あら。みんな似たようなポーズをしているわね」

「そうなんだよ」

「流行（はや）っているポーズなのでしょうか」

「いや、それは——」

俺が言いかけると、書斎のドアがパン！　と乱暴に開け放たれ、ミデアが部屋に飛び込んできた。

「師匠！　どうしてこんなにいっぱい弟子を取ったんですか！」

「あーうー……」

俺は頭を抱えてしまう。

そう言ってきたのは、ミデアで三人目だ。

ちなみに一人目はキングもとい国王陛下、二人目はリナ。

そして三人目のミデア……全員、俺に剣を教わっている人間たちだ。

オルティアたちのあいだで流行ったのは、あの花見の日に見せた俺の剣術。

あの後、剣舞だけにとどまらず、おだてられた俺はいくつか実戦的な剣術も見せた。

その時は大好評だった。オルティアたちは全員うっとりした。

そして……俺の構えが気に入った。

それを、オルティアたちは新しい写真集で、まるで示し合わせたように同じポーズをした。

そして、ミデアらをはじめとする「ナナス流」にばれた。

それだけではない。

「なるほど、これはヘルメスのポーズだったのですね。『今オルティアの間で流行っているこれ、陰に指導者の存在あり』……ヘルメス、密かに有名人ですね」

「はうっ！」

調子に乗りすぎてしまった結果。

オルティアたちの陰にいる指導者という、もう一歩間違えれば超注目を集めてしまう。

そんな状況になってしまったのだった。

92 最高の理解者

この日、政務もそこそこに、俺は街に繰り出した。

最近一段と活気が出てきたピンドスの街、適当にぶらついてるだけでも結構楽しい。

人が増えて、物が増えて。

何より大道芸人のような娯楽も増えた。

今も、紐の先に火の玉をくくりつけて、足だけでぐるぐるビュンビュン回してる女の大道芸人が喝采を浴びていた。

踊りとして見ても綺麗だったから、俺は多めに投げ銭をした。

俺が投げると、それが呼び水になって他の見物客も投げ銭をした。

女が見物客に深々と一礼して、さらに新しい芸をはじめようとした。

「それ本当に効くのか？」

「めっちゃ効くって。飲み物の中に一滴たらしただけで一晩中ビンビンよ。俺、十回以上できたもん」

「ん？」

真後ろを通っていく男の二人組。

見た目は別に特徴がある訳ではなかったが、二人の会話が気になった。

振り向くと、遠ざかっていく二人組のうち、片方が小さなガラスの瓶を持っていた。

「媚薬か、強壮剤か。両方かもな」

一晩にどれだけ女を抱けるのか、その回数。

男性器の硬さと長さと並んで、男のプライドに大きく関わってくるところだ。

古来よりそっち方面の薬や魔法は様々なものが開発されてきた。

もし、本当に男のいうように「一晩で十回以上」ならば、かなりの優れものだということだ。

一方で、それほどの効果なら、話を聞いてまずは不安がる人間もいる。

「ええ？　そりゃちょっとやばいんじゃないのか？　どう考えたってヤバいだろ」

二人組のうち、薬をもっていない方の男は眉をひそめて苦笑いした。

「いやマジだって。俺実際に使ってみたし、出所もちゃんとしてる」

「ちゃんとって、どこだよ出所」

「ほらあそこの、オルティアって娼婦。あの子に売ってもらったんだよ」

「へえ？　あのオルティアか……」

最初は媚薬を眉唾だと思っていた男も、出所がオルティアだときいて、途端に興味を示した。

「……」

その一方で、俺は違う意味で眉をひそめていた。

☆

「いらっしゃいヘルメスちゃん。ちょうどいいところに来た。今なら4P——痛い痛い痛い！」

娼館について、部屋に入った直後の開口一番でそんなことを言ってきたオルティアにウメボシをお見舞いした。

柔らかい頭に、左右から挟み込んでグリグリしてやる。

ふわり、といつもの香りが鼻腔(びこう)をくすぐった。

「相変わらずね」

「ほんとうなの。客というよりはもはや相方なの」

部屋の中に、ヘスティアとダフネがいた。

「二人ともいたのか」

「久しぶりに遊びに来たの」

「ヘスティアちゃんと話すのは久しぶりなの。女子会を開いていたの」

なるほど、と俺は頷いた。

二人ともオルティアと仲が良くて、どっちも彼女の「姉さん」的な存在だ。

そういえばどっちの方が立場が上だったかな、となんとなく思ったこともあったが、今ので大体分かった。

ダフネは十歳くらいの女児にみえるが、エルフとドワーフのハーフということもあって、実年齢はかなり高い。

おそらく、ヘスティアが「ヘスティアちゃん」だった頃からの知りあいなんだろうな。

「どうしたのヘルメスちゃん、そんなに真剣な顔で二人を見て」

ウメボシを緩めたせいか、オルティアはさっきの突っ込みなどまるでなかったかのように振る舞い、小首を傾げて聞いてきた。

「ああ、いや」

「そっか」

何かに気づいたのか、オルティアはポンと手を叩いて。

「ヘスティア姉さんはもう引退してるから、4Pじゃなくて3P——痛い痛い痛いってば」

また変なことを、しかしオルティアらしい冗談を飛ばしてくる彼女に、再ウメボシをする。

今度はちょっと強めに、やられると芯まで響く程度の強さでグリグリする。

「相変わらず仲良しなの」

「……」

「ヘスティアちゃんはヤキモチ焼かなくてもいいの、ヘスティアちゃんも自分だけのことをしてもらえてるはずなの」

「べ、別にヤキモチなんて……」

「はいはいいなの。私たちはそろそろ退散するの。彼は知らない人じゃないからちょっと居座ったけど、ちゃんとお客さんだから邪魔しちゃダメなの」

「……そうね」

ダフネとオルティアはうなずき合って、立ち上がって部屋から出ていこうとした。

「いや、出ていかなくていい」

「そうなの？」

「や、やっぱり4P……それならそれで別に……」

「違うって！」

顔を赤くしてもじもじするヘスティア。

いやいやなフリしてるけど、妙にやる気なのはあえて突っ込まないことにした。

俺は二人に突っ込んで、出ていくのを止めてから、オルティアをちょっと見る。

まっすぐ顔を見て、全身を見た。

二度のウメボシをしたときの手の感触を思い出した。

「弱いし、ところどころ隠れるのが甘いし。まあ、この程度なら」

「ヘルメスちゃん？　何をぶつぶつつぶやいてるの？」

「オルティア。目を閉じてくれ」

「わお、なの」

「……いいな」

言われたオルティアは虚を衝（つ）かれたかのように止まった。

その後「うふっ」と笑みを浮かべて、肘で俺の胸板をつっついた。

「ヘルメスちゃんやっとやる気？　もうむっつりなんだから」

最後に「しょうがないなあ」と明るく言った後、オルティアは言われた通り目を閉じて、顔を上に向かせた。

完璧（かんぺき）な、キス顔である。

俺は左手を彼女の頬（ほお）にそえて——右手で額にデコピンした。

「ひゃい！」

「え？」

「斬新（ざんしん）なキスなの」

驚くヘスティア、ずれた反応をするダフネ。

次の瞬間、オルティアの後頭部から白い物が飛び出した。

俺のデコピンではじき出されたそれは、焦った様子で逃げ出そうとする。

「逃がさん」

手をつき出し、ぐいっ、とやった。

するとそれはリードをつけられた犬のように、引っ張られてこっちに戻ってきた。

戻ってきたそれをがっちりキャッチする。

「あれ？　あたし……なにしてたの？」

額をさすりながら、まわりを不思議そうにきょろきょろ見回すオルティア。

その行動を見たダフネとヘスティアは、なにか「ハッ」とした顔で俺がつかんでるものを見た。

「それは……なんですか？」

「最下級の精霊だな。人に取り憑いて悪戯をする。大した害はないんだが、取り除いた方が無難だな」

「またなの。最近見かけないから、すっかり油断してたの」

ダフネははあ、とため息をついた。

「よく分かったわね。彼女が取り憑かれているの」

ヘスティアは感心した顔で聞いてきた。

来たな。

これで「見ればわかる」と言うとまた「すごい」とか言われるんだろうな。

俺は用意してきた、俺の能力に関係のない答えを言った。

「オルティアに媚薬を売ってもらった男の話を聞いたんだ。オルティアは、娼婦以外では金はもらわない、そう言ってただろ？」

「え……？」

「厳密にいえば自分がサービスする以外では金はもらわない。それを知ってるから、こりゃおかしいと思ったんだ」

「ヘルメスちゃん……」

オルティアはさっきの「キス顔」以上に顔を赤らめ、瞳を潤わせて、俺を見つめてきた。

……あれ？　あれれ？

俺、なんかやっちゃった？

「殺し文句なの」

「イチコロね。これ以上いるのは野暮（やぼ）だわ」

「あとはごゆっくりなのー」

ダフネとヘスティアは何故か、感心したような、ニヤニヤしているような顔をして、部屋から立ち去った。

すると、オルティアは俺に抱きついてきて、顔を胸板に埋めてきた。

「ヘルメスちゃん……」

「お、オルティア?」

「嬉しい……」

しおらしくつぶやくオルティア、それにどきっとしてしまった。

えっ? なんで?

俺、何もやってないよな?

この後、オルティアにめちゃくちゃサービスしてもらった。

93 水着の証人

青い空、白い海。

そして。

「どうしたのですか、ヘルメス」

健全な枠内で最大限の肌色。

露出の多い水着を身につけた姉さんが、不思議そうな顔で俺を見あげている。

「せっかくの海ではありませんか。もっと力抜いて楽しんではどうです?」

「なんで俺がこんなところにいるんだ?」

「ヘルメス。世の中には知らなくていい、知らないままの方が幸せということがあるのですよ――」

「やっぱり姉さんの仕業か、俺に何をした!」

姉さんの言葉に被せるようにして、一気にまくしたてた。

昨夜、屋敷のベッドに入るところまでは覚えている。

それが朝起きたら、水着というパンイチで砂浜のビーチチェアの上に寝ていたのだ。

混乱もする、突っ込みの一つもするというものだ。

「ヘルメスが駄々(だだ)こねるでしょうから、無理矢理連れてきて既成事実をと」

「はっきり言うんだな！」

「もうここまで連れてきましたし」

姉さんはにこりと微笑(ほほえ)んだ。

悔(くや)しいが、企(たくら)みごとをしているときの姉さんの笑顔って本当魅力的で綺麗(きれい)だ。

それにほだされた——という訳じゃないが。

姉さんの言う通り、もうここまで連れてこられたのだ。

俺は観念した。

ため息一つついて、気持ち真剣な顔で姉さんに聞いた。

「分かったから、ちゃんと説明してくれ」

「分かったわ。この砂浜はカノー家の領地なのです。有名なリゾート地でもあります。毎年夏になると、ここに多くの旅行客が集まってきます」

「ふむ」

「夏の間だけですが、馬鹿に出来ないほどの税収が得られるのです。ところが」

説明していた姉さん、大分ニコニコ顔になったが、ここから先が本題なんだと言われなくてもわかった。

「気温が下がって海には入れない間に、モンスターが育ってしまうのです」

「モンスター？」

俺の眉はビクッと跳ねた。

「ええ。前の年の秋から次の年の初夏――海開き前。人間が海に入らないから、その間にモンスターがすくすくと育つのです。なので、海開き前に、カノー家が責任もってその年に育ったモンスターを一掃しに来るのが恒例行事なのですよ」

「畑を耕すみたいなものか」

「さすがヘルメス、理解が早い」

ニコニコ顔で話す姉さん、俺はさらにため息をついた。

「そりゃ理解も早くなるってもんだよ。そのモンスターを全部俺に倒せって言うんだろ」

「はい」

「はあ……こういう時だけいい笑顔するんだもん、姉さんは」

俺はさらにため息をついて、がっくりと肩を落とした。

「大丈夫ですよ、ヘルメス」

「なにが？」

「ヘルメスのことだから、本気を出したくないのに、とか思っているのでしょうけど。大丈夫です」

「へえ？」

「毎年お掃除していのですから、強いモンスターは育ちません。これまでも育ってませんでした」

「そうなのか？」

「ええ。父の名誉にかけて誓います」

「そうか……って、その父の名誉は俺のことじゃないだろうな」

「だからこそ誓うのですよ」

「むっ……」

言葉がつまった。

姉さんがいつになく本気っぽい表情をしていたからだ。

父の名誉にかけて。

俺の名誉。

そうされることはくすぐったいけど、姉さんが本気だというのは理解できた。

「はあ……分かった」

経験上、ここまできたら断れないというのは分かっている。

俺はため息とともにあきらめを吐き捨てた。

「ありがとうヘルメス。代わりと言ってはなんですが……用意しましたよ」

「用意？」

「ええ」

姉さんはにこりと微笑んで、パンパン、と使用人を呼ぶときの手を叩く仕草をした。

すると、姉さんの背後からわらわらと、水着を着た美女たちがやってきた。

「な、なんだこれは」

「ＨＨＭ48の精鋭たちですよ。特に水着映えする子たちを連れてきました」

ＨＨＭ48。

姉さん曰く「ヘルメスハーレムフォーティーエイト」。

俺のハーレムとして、数多くの美女を集めた上で、競い合わせることで「花」としてさらに磨きをかけていく、普通の男には夢のようなグループだ。

やってきた水着美女はざっと二十人前後。

姉さんの言う通り、水着映えをする子を選んできたというのは本当なのだろう。

「それはいいんだけど……姉さん」

「どうかしましたか？」

「あのあたりにいる子たち、なんで水着の胸もとに名前が書かれてるんだ？　しかも……『まりあ』とか、表記がおかしいぞ」

「これはヘルメス家の初代当主、その思い人が残していった伝統です。『スクール水着にはひらがなの名札』が正式な作法らしいのですよ？」

「よく分からないがそいつは絶対変態なのが分かった」

その手のこだわりを持つヤツは変態だ、間違いない。

「ヘルメス様、こちらへ」

「モンスターが出るまでどうかくつろいで下さい」

「お飲み物はいかがですか？」

ＨＨＭ48の水着選抜隊はぞろぞろとやってきて、俺の腕を組んだり背中を押したりで、ちやほやしてきた。

「むむ」

正直……悪い気はしない。

どこもかしこも柔らかいし、何かとは言わないけど当たってくるものは大きいし。

俺のハーレムというていだから、みんなちやほやしてくれるし。

俺は割り切って、ちやほやされることにした。

というか、割り切ってしまえば、俺の理想の生活に非常に似ている。

だらだらとビーチチェアの上に寝そべって、マッサージをされながら、口を開けば切り分けたフルーツが口に運ばれる。

何もしなくてもいい、のんびりまったりの生活だ。

ってことで、俺は手放しでくつろぐことにした。

「あの……ヘルメス様、オイルを、塗っていただけませんか」

「私も、お願いします」

何人かの子がおねだりしてきた。

ほとんどの子は頰を赤らめて恥じらい、中には既に水着の上をはずして手で覆っている子もいる。

ちょっとムラムラした。

よっしやるかー……と思ったその時。

「出た、出ました！」

海の方から、別の水着の子が駆けてきた。

その子は俺のところに駆けよって、息を切らしながら報告した。

「も、モンスターが出ました」

「どこだ？」

「あ、あっちです」

駆けてきた方向を指す女の子。

海の上を跳ねるようにして、二枚貝がこっちに向かってくる。

「活きのいい貝だな」

俺は苦笑いした。

サイズはおよそ人の頭と同じくらい、しかし貝のくせにものすごく能動的に動いている。

近づいてくるそれに、俺は逆に向かっていった。

波打ち際で立ち止まって、最後に大きく跳ねて、貝をあけて飛びかかってきたそいつにカウンターの手刀。

真上から振り下ろした手刀は、貝のモンスターをあっさり両断した。

「なるほど、弱い」

手応えから、姉さんの言うことが正しいことを知った。

体感的に、正規の兵士の七割から八割くらいの強さってところだろう。

この程度のモンスターなら、倒したところで名が揚がることはない。

と、思ったのはその時までだった。

「また来ました、ヘルメス様！」

「……謀ったな、姉さん」

俺は振り向き、白い目で後ろにいる姉さんを軽く睨んだ。

「何のことかしら」

姉さんはいつものようにすっとぼけた。

「嘘はついていませんよ、何一つ」

「……」

「弱いモンスターを、お掃除するって。何か間違ってますか?」

「数が多すぎるだろ！」

盛大に突っ込んだ俺。

手を海の方にかざす。

海を覆うほど大量のモンスターが、一斉に砂浜めがけて押し寄せてきた。

「なんだあれは！　モンスターが七分で海が三分じゃないか。多すぎるだろ」

「人間がいないと、すくすく育つのよねえ」

「限度ってもんがあるだろ！」

「さあ、頑張って下さい、ヘルメス。あなたなら出来るはずですよ」

「……まったくもう」

俺はため息をついた。

完全に姉さんにはめられた。

しかも……目撃者が多すぎる。

「ヘルメス様の活躍が見られるのね」

「どうやって倒すのかしら」

「わくわく」

水着の……ＨＨＭ48の子たちは、全員が期待に満ちた目で俺を見つめている。

完全に目撃者として連れてきたな、姉さん。

ここまできたらやらない訳にはいかない。

俺は水着の子たちの前で、数千に及ぶ海のモンスターを、一人で一掃する羽目になったのだった。

94 プロ意識

「ヘルメスちゃん一生のお願い！」

「ああ、言ってみろ」

「……」

いつもの娼館（しょうかん）の中、オルティアの部屋。

二人っきりになって、オルティアからそこそこにサービスをしてもらったあと、彼女はいつものように切り出した。

それでとりあえず話してみろと言ったのだが、オルティアは目を見開かせてなんかびっくりしてた。

「どうした」

「ヘルメスちゃん？」

「うん？」

「一生のお願い！」

再び、手を合わせて頭を下げるオルティア。

「うん、だから言ってみな?」

「……」

またまた驚き、肝心の「一生のお願い」を言わないオルティア。

「どうしたんだ本当に」

「ヘルメスちゃんこそどうしたの? いつものグリグリはしないの——あいたたたた!」

「そこまでいうんならグリグリしてやろう。そらグリグリー、ほらグリグリー」

「いひゃいひゃいいつもより回転数がおおいよヘルメスちゃん」

回転数て。

一通りグリグリし終えて、お約束も果たしたところで手を離して、改めて聞く。

「で、今回の一生のお願いって何だ?」

「ぷっ。今回の一生のお願いってなんかおかしいね——いたたたたたた!」

「お ま え が い う な」

さっきより気持ち回転数を上げたグリグリをしてやった。

二セット目のグリグリも終わって、今度こそと本題を促した。

「あのね、今って六月じゃない?」

「ああ」

「六月っていえば花嫁だよね」

「……なんで？」

そんなのあったっけな、と首を傾げる俺。

「ヘルメスちゃん知らないの？」

「おっくれてるー」って感じの幻聴がした。

そんな感じのノリで、オルティアが説明をする。

「あたしたちの元祖、大賢者オルティア様が愛したただ一人の男が昔広めた風習なんだけどね。六月に結婚するとその花嫁は絶対に幸せになるって言われてるんだ」

「ふーん、それって、春先の農作業が一段落したから、今のうちに結婚しとけっていう農家がはじめたかそれに配慮したかっていう話じゃね？」

「……」

オルティアはまたまたびっくりし、目を見開いて俺を見つめた。

「ヘルメスちゃん、すごいね」

「ほえ？」

「うん、そうだよね。子供の頃のこと思い出してみると、確かにこの時期に結婚すると楽だしみんなこの時期だった」

「ふむ」

オルティアが自分から昔のことを話すことはほとんどない。

今の話で、おそらく彼女は農家の生まれだった——というのが、長い付き合いながらも、俺が彼女について知っている深度の一番深い過去の情報だった。

「でね、それもあって、六月中は花嫁姿でお仕事しようって話になって」

「花嫁姿って……ウェディングドレスでも着るのか？」

「うん。その格好で致したいって男の人、密かにすっごく多いんだ」

「……なるほどなあ」

男ってばかじゃね？　って感想が喉まで出かかったけど、それを呑み込んどくことにした。

代わりに。

「でもいいのか？」

「なにが？」

「娼婦って、いつかは身請けなりなんなりして、普通に嫁に行ったりするもんだろ？　花嫁姿ってのはその時まで取っときたいもんじゃないのか？」

「……」

またまたまた、ポカーンと絶句してしまうオルティア。

こういうの多いな、今日は。

「どうした」

「ううん……」

小さく首を振って、オルティアは俺に抱きついてきた。

「オルティア？」

「そういうのね」

「うん？」

「ちょっとだけでも、分かってくれる人がいるってだけで嬉しいの」

「……オルティア」

「――だから」

ぱっ、と俺から離れて、いつもの彼女の明るい笑顔に戻る。

「仕事は仕事、ちゃんとそういう格好をして、来たお客さんに楽しんでもらわなきゃね」

「……そうだな」

オルティアのプロ根性をまた思い知らされたような気がした。

娼婦であり、娼婦以外の行いで金はもらわないという彼女。

時々頑固すぎると思うこともあるが、その頑固さ――言い換えればこだわりが彼女の魅力でもある。

ならば、と協力してあげたくなった。

「で、その花嫁姿と一生のお願いがどう繋（つな）がるんだ？」

「うん！　せっかくだから、もっと清らかさとか、聖なる感じ？　とか出したいんだ」

「ふむふむ」

「でね、聖シーリンの糸を編み込んだドレスを用意しようって――ヘルメスちゃん一生のお願い！　聖シーリンの糸を取ってきて」

「分かった」

俺は即答した。

いつになくあっさり請け負った俺に、オルティアはびっくりした顔で見つめてくる。

何故びっくりしているのかを考えるまでもなく。

「すぐに取ってくる」

俺は、オルティアをおいて娼館から飛び出していった。

☆

聖シーリンの糸というのは、ケイエーン山に住まう特殊なカイコが吐き出す糸ということらしかった。

俺は場所を聞いて、すぐさまそこに向かった。

ピンドスの街から一昼夜かかる道のりを半日で踏破（とうは）し、獣道（けものみち）しかない山を登っていく。

「むっ」

誰かに聞くまでもなく、それの居場所が分かった。

山の中腹くらいにやってくると、びっくりするくらいの清浄なる空気が漂っていた。

しかもそれは、明らかにとある一点から発生しているのが分かる感じで広まっている。

俺は発生源に向かっていった。

空気が徐々に清らかになっていき、さながら聖域と思わせるようになってきた頃。

それが、いた。

開けた草地の真ん中で、人間よりも一回り大きい白い虫がいた。

虫はある一点に向かって、糸を吐き続けている。

通常、カイコが吐く糸は自らを包み、さなぎにして羽化のための防御壁にするものなのだが、それは自分で纏うことなく、ただ一点に向かって吐き出し——吐き捨てていた。

何のために吐いているのかは分からない、が、あれが目当てのものだということは分かる。

さて、どう手に入れるべきか。

俺はカイコと、聖シーリンの糸をまじまじと見つめて、観察した。

危うかった。

なんというか、もろい感じがするのだ。

無理矢理奪おうとすると、糸が切れる——いや。

崩壊すらしかねないほどのもろさが見て取れた。
無理矢理はダメだ、それは分かる。
ならばどうするか——と考えていると。
「……」
カイコがこっちを見た。
虫でありながら、目と目があった。
意外と深みのある瞳をしている。
まるで人間と見つめ合っているような、そんな気分にさせられる。
『奪いに来たの？』
『いや、そうじゃない』
『無理矢理しない？』
『しない』
『じゃあオッケー』
幻聴か、それともただの思い込みか。
今の一瞬で、カイコとそんなやりとりを交わしたような気分になった。
カイコはそのまま糸を吐き続けた。
俺はその場に座り込んで、じっと待った。

何故か知らないが、待つべきだと思った。

日が落ちて、月が昇る。

月がくらくなって、朝日が昇る。

一晩中、カイコは糸を吐き続けた。

おかしい。と思った。

一晩中吐き続けているのに、糸の体積がまったく増えていない。

まるで理髪店のぐるぐる看板をじっと見つめているような気分になった。

上に上に上がっているのに、実際は動いていない。

あれと同じ気分だ。

程なくして、カイコは糸を吐くのをやめた。

そして俺に目を向けるでもなく、そのまま立ち去った。

残されたのは俺、そしてカイコが吐いていった糸。

俺は近づき、おそるおそる糸を手に取った。

「強い」

思わず、そんな言葉が口を衝いて出た。

昨日見た時に感じたはかなさなどどこにもなく、丈夫な糸だった。

清浄さに至っては何をか況んや、花嫁のウェディングドレスに好まれるのが分かるくらい、聖なる空気を出していた。

何もせずに手に入れた糸をもって、俺はピンドスに戻った。

☆

娼館のロビー。

俺が持ち帰った糸を、オルティアら娼婦たちはものすごくびっくりして見つめていた。

「どうした、これじゃないのか？」

「ううん、これ、なんだけど……」

オルティアは何故かそわそわしていた。

「へ、ヘルメスちゃん。これを手に入れるの、大変だったんじゃないの？」

「……べつに」

あのオルティアの為だ、大したことじゃない。

それに、本当に何もしていない。

俺はただ行って、持ち帰っただけ。

強攻策に出なかったのは判断が正確だったからかもしれないが、それも大したことじゃない。

「じゃあ、これはおいていく。頑張れ」

俺はそう言って、娼館を後にした。

オルティアの花嫁姿は楽しみだから、期間中に遊びに来よう。

☆

ヘルメスが立ち去った後の、娼館のロビー。

娼婦たちが聖シーリンの糸に群がって、それに手を触れた。

バチッ、と火花が散った。

「こんなに純度の高い聖シーリンの糸、どうやったらこんな質のいいのが取れるのよ」

「やっぱり領主様、ただ者じゃないわね」

「今もすっごくかっこよかったし……ああもう、オルティアちゃんが羨ましい！」

糸の質と、ヘルメスのかっこよさを口々に言い合う娼婦たち。

珍しく、やる気だけは本気を出したヘルメスは。

自分の知らないところで、ものすごく株を上げていた。

95 らぶ注入

「甥(おい)っ子(こ)ちゃーん、あーそーぼー、なのだ！」

「ぐえっ！」

昼下がりの庭、安楽椅子(あんらくいす)に寝っ転がってくつろいでいると、どこからか現れたカオリが腹に突っ込んできた。

それ自体はただの「女の子がダイブしてきた」だけなんだが、まったくの無防備なところにやられたから結構効いた。

「げほっ、げほっげほっ！」

「どうしたのだ？　分かった、お父様が言ってた『持病のシャク』というやつなのだ」

「物理的なアタックだよ！」

痛みをこらえてカオリに突っ込んだ。

彼女はきょとんな顔をして不思議がった。

「甥っ子ちゃん冗談上手(うま)いのだ。私が本気でアタックしたら半径一キロは消し飛んでるのだ」

「怖いよ魔王さん！」

またまた盛大に突っ込んだ。

ボディプレスで大爆発、世界滅亡的なシーンが脳裏に浮かんでしまった。

半径一キロが消し飛ぶってのがまったく冗談に聞こえないのが魔王の恐ろしいところだ。

「それよりも甥っ子ちゃん、遊ぼうなのだ」

「はいはい、今日は何？」

カオリの誘いは断るだけ無駄。

俺は早々に観念して、サクッと付き合ってサクッと終わらせる方針をとった。

「準備は下僕たちが整えているのだ、後は行くだけなのだ」

「わかった」

俺は安楽椅子から立ち上がって、カオリについていった。

☆

「そして、後悔するのだった」

「甥っ子ちゃん、何を変なことを言ってるのだ？」

真横からカオリが不思議そうな顔をして俺の顔をのぞき込んできた。

俺はため息をついて、あきれ顔で聞き返す。

「なあ、これはなんだ？　このまわりの軍隊は」

手を広げて、カオリに聞く。

俺たちは今、軍隊に囲まれて――いや守られて行進している。

鎧や武装など、ほぼ黒一色で揃えられている軍隊だ。

数はざっと一万。どこを見ても兵、兵、兵な感じだ。

「これは魔王軍なのだ。つまり私の軍隊なのだ」

「魔王軍なのかよ！　ってまさか、どこかに戦争ふっかけにいくんじゃないだろうな」

「甥っ子ちゃんの頭は鳥頭なのだ。私は人間に手を出せないから、戦争なんて出来ないのだ」

「そういえばそうだったな……じゃなんで」

「今から年に一度の儀式をしに行くのだ」

「儀式？」

「そうなのだ」

カオリが珍しく、ちょっとだけシュンとして。

「むかーしむかし、あるところでお母様がヒカリお姉様にひどいことをしてしまったのだ」

「むかーしむかしで始めたのに登場人物が身近だな」

思わず突っ込んでしまったけど、カオリの母親――先代魔王のエピソードなら「むかーしむかし」で合ってるのかもしれん。

「その時のことで、毎年ヒカリお姉様にごめんなさいの儀式をしてるのだ」

「……なるほどな」

小さく頷(うなず)いた。

具体的な話は分からないが、最低限必要な分は足りてる気がする。

カオリはいつも普通に話すが、さっきの半径一キロ消し飛ぶ話からも分かるように、魔王レベルの「ひどいこと」はかなり大事な可能性が高い。

それから連想されるお詫(わ)びの儀式といえば、「鎮魂の儀式」の類(たぐい)である可能性が高い。

そこまで想像出来れば、大体はオッケーだと思った。

「そうだ、甥っ子ちゃんが代わりにやってくれなのだ」

「はあ？　なんで？」

「見た目がぴったりなのだ。ごめんなさいの儀式も、お父様とヒカリお姉様がしてたことのまねっこなのだ」

「俺も男だからビジュアル的にはこっちの方がいいってことか」

「そういうことなのだ」

「……ヤバい儀式じゃないだろうな」

「大丈夫なのだ。時間をかければ誰でも出来るのだ」

「なるほど。いいだろう」
そういう儀式なら——カオリと話がこじれてしまうよりかはサクッとやってしまった方がい
い。
俺は、代わりに儀式をすることを承諾した。

☆

半日ほどの道程を進んで、たどりついたのは荒野のど真ん中にある神殿だった。

仰々しい装飾柱が広範囲にひろがって丸をつくっていて、その中心にやはり柱を中心にした廟が建てられている。

魔王軍がその神殿を取り囲んで――護衛している中、俺はカオリと一緒に中心の廟に入った。

すると、一人の女の子が現れた。

カオリと同じくらいの年頃に見える、黒い服を纏い、長い髪をなびかせている愛くるしい女の子だ。

人間でないのは、体全体がうっすらと透けているからだ。

「これがヒカリお姉様、とやらなのか?」

「そうなのだ、お姉様の幻影なのだ」

「なるほど。で、どうすればいいんだ？」

「頭をなでなでするのだ」

「……は？」

「頭をなでなでするのだ」

「いやなんで？」

「お父様とお姉様がしてたからなのだ」

「……ああ」

そういえばそんなことを言ってたな。

それに、俺の方がビジュアル的に合っているとも。

幻影を見た。

確かに、カオリがするよりは、俺がした方が見た目的にはしっくりくる。

というか、カオリがやってたら「ごめんなさいの儀式」に見えんな。

「撫でればいいのか？」

「そうなのだ。できるだけ時間をかけるのだ」

「分かった」

俺は頷き、幻影に手が届く距離に近づく。

そして一万に及ぶ魔王軍が見守る中、幻影の頭を撫でた。

何か特別なことが必要なのかと思えばそんなことはなくて、普通に触れる幻影だった。

そのまま頭を撫で続ける。

女の子は愛くるしくて、本当の娘の頭を撫でているような、そんな満ち足りた錯覚をおぼえた。

その一方で――腕が重くなるのを感じた。

力が吸い上げられているような感じで、その倦怠感だ。

腕はどんどん重くなっていく。

……なるほど。

騙されるところだった。

何が「時間をかければいい」だ。

『重くなっても腕が動くなんてすごいのだ！』

このまま撫で続けると、こんな風に言われるのが目に見えている。

俺はなでなでを切り上げた。

――ありがとう、おとーさん。

何となく、幻影がそんなことを言ったような幻聴がした。

そして、幻影は満足した顔で消えた。

「終わったぞ――なに？」

振り向くと、カオリ――そして魔王軍が揃って驚愕しているのが見えた。

「な、なんだ？」

それに気圧されて、もう一度聞いてしまう。

悪い予感がした。

そしてそれは当たった。

「「「おおおおおっ!!」」」

「甥っ子ちゃんすごいのだ」

魔王軍一万から地鳴りのような歓声が上がり、カオリが無邪気に感心した。

「なにがでせうか、まおうたま」

悪い予感がするあまり、若干知能指数が下がってしまった俺。

それとは対照的に、カオリのテンションがますます上がった。

「ヒカリお姉様の儀式はなでなでなでしてラブ注入するのだ」

「らぶ……ちうにう……？」

「気持ちを込めてなでなでして、ヒカリお姉様が満足するまで離れないのだ。普通は一時間かかるのだ」

「時間かけてやればいいってそういう意味なのかよ！」

「それを甥っ子ちゃんが一瞬でやったのだ、すごいのだ！」

「「「おおおお!!」」」

感動するカオリ、そしてさらに大歓声をあげる魔王軍。

なんてこった、こんな大勢の前でやらかしてしまうなんて……。

「疫病神(やくびょうがみ)かよ」

「?　魔王なのだ」

無邪気に返すカオリに、俺はがっくりとうなだれてしまうのだった。

96 「俺はまだ、本気を出していない」

「ここは……どこだ？」

気がついたら、俺は見知らぬ街中にいた。

建築様式も、まわりの人間の服装も。

全てが見たことのないような、異国の街並み。

「俺はヘルメス、オルティアが大好きで将来はメイド全員にオルティアって改名してもらってオルティアに囲まれて死ぬのが夢……うん」

記憶はちゃんとしてる。

どうやら「ここはどこ？」の次に「私は誰？」って続ける必要はないみたいだ。

となると……なぜここにいるのかだが。

記憶を辿ってみる。

確か俺はいつものように安楽椅子で昼寝をしていて――。

『――だ。甥っ子ちゃん聞こえてるなのだ？』

「むっ？　この声はカオリ」

返事をする、方向と距離がまったくつかめない不思議な声にまわりをきょろきょろする。

すると行き交う通行人がこっちに不思議な視線を向けてきた。

やっぱり俺以外には聞こえてないのか？

『よかったのだ、魔王の力でちゃんと繋がったのだ』

「繋がった？　しかも魔王の力を使ってまで……何があった」

『甥っ子ちゃん頭をぶつけてるのだ』

「……はあ？」

いきなり何を言い出すんだこのロリババア魔王は。

『だから頭をぶつけたなのだ。庭で寝てたら寝返りうって落っこちたら頭をうったのだ』

「……ああ」

なんとなくその光景が想像出来た。

安楽椅子はかなりゆったりとくつろげるのだが、それはあくまで「椅子」というレベルの話。

「寝る」となるとわりあい狭いし、ちょっと寝返りをうったらそのまま地面に落っこちるってのは簡単に想像できる。

『頭をぶつけた甥っ子ちゃんの力が暴走して、魂を別次元に飛ばしてしまったのだ』

「別次元って……次元の壁を越えたってことか」

『そうなのだ』

「そんなのアリかよ」

『甥っ子ちゃんの力ならありありなのだ。というかお父様はもっと簡単にやってたのだ』

「なにもんだよ俺の御先祖様は⁉」

いやそれはそれでいいとして、問題は今の状況だ。

通行人たちの視線がいよいよキツくなってきたから、俺はとっさにその辺の路地裏に逃げ込みつつ、カオリに聞く。

「どうすれば戻れる」

『大丈夫なのだ、私がやってるのだ。一日くらいかかるけど、ちゃんと甥っ子ちゃんを元にもどすのだ』

「何か手伝いは？」

『というか無理なのだ。甥っ子ちゃん、力を全部こっちの肉体に置いてってるのだ』

「むっ？」

手を握ったり開いたりしてみる。

言われてみると――力がない。

剣を振るうのも魔法を使うのも、全部が全部、出来なくなった感じだ。

「……おおっ」

『そういうわけなのだ。一日だけ待つのだ』
カオリはそう言って、通信を打ち切った。
次元を越えた通信は魔王といえどきついんだろう。
そんなことよりも。
「力が、ない」
ちょっと嬉しかった。
力がないってことは、巻き込まれないですむ。
巻き込まれても誰からも頼られずにすむ。
「……バカンスだな！」
期せずして得られた一日限りのバカンス。
力は置いてきた、魔王であっても一日はかかると宣言したこの状況。
確実に頼られないこの一日のバカンスを満喫することにした。
そうとなれば――と、俺は路地裏から表に出た。
余裕がなかったさっきとは違って、まわりを見回した。
うっすらともやがかかる程度の距離に、王宮らしき建造物が見える。
「あれはよけよう」
どこぞの国の王都みたいだが、王宮なんてのは面倒ごとの山だ。

関わらないでいよう。

俺は反対側に向かって歩き出した。

さすが王都というべきか、王宮——つまり中心部から離れていっても、まだまだ全然栄えて賑やかだ。

俺はいろんな店に入ってみた。

服屋とか小物屋とか。

武器屋みたいなのはやっぱり面倒ごとに巻き込まれそうだからスルーした。

俺がいる世界とそんなに変わらなかった。

細かい違いはあるが、服屋なんかでは男物は実用性に長けたものが多く、女物は可愛さに全振りした物がほとんどだ。

別次元というより、別の国に来たくらいの感じだ。

とは言え、さすがにちょっとだけ困った。

金がないことだ。

さすがに元の世界の銀貨は使えなくて、こんなことになるんなら黄金の塊でも常備しとけば換金できたのになと思った。

金がないと暇つぶしの選択肢も減るな……と思っていたところに。

「お？　本屋か」

一際（ひときわ）寂れている、誰も入っていない店を見つけた。

窓からのぞき込む限り、内装はありふれた商店で、商品は棚（たな）に並べられた大量の本だ。

本なら……立ち読みが出来る。

俺は店に入った。

「いらしゃいませぇ」

女店員が、気の抜けた声を出した。

店の中に客はいない、停滞した空気から、普段からこんな感じなのだろうと分かる。

そりゃ、店員もやる気をなくすわけだ。

俺が棚に向かって本を一冊抜き取っても、それをちらっと一瞥（いちべつ）するだけで、特に何か反応はなかった。

ならばありがたく、このまま立ち読みさせてもらう。

「えっとなになに……『くじ引き特賞：無双（むそう）ハーレム権　同人版』？　なんじゃこりゃ」

タイトルを読んでも意味が分からなかった。

とりあえず開いて中を読む――。

「これは……オルティア！　大賢者オルティアじゃないか!!」

盛大にびっくりさせられた。

本の中身は絵と文字、それを細かいコマに割って、物語を作っていく物。

つまりは……マンガだ。

そしてそのマンガの内容は、俺の世界で娼婦(しょうふ)たちが競ってその名前をつけるようになった原因の人。

美の代名詞、稀世(きせい)の美女大賢者オルティアの物語が描かれていた。

オルティアは「ただのオルティア」という口癖(くちぐせ)を言いながら、ある男に甘えている。

甘えて、甘えて——そしてまぐわって。

全篇(ぜんぺん)、オルティアがその男とのイチャイチャでエロティックなマンガだ。

分厚いそれを一気に読み切って、俺は「はふぅ……」と気持ちが昇天した。

「まさかここでこんな素晴らしい本に出会えるなんて——って、なんだあんたは!?」

恍惚(こうこつ)に浸っていたからか、それとも能力を失っていたからか。

女店員が、まったく気づかない内に俺のそばにやってきて、じっと顔を見つめてきた。

「あなた、この魔導書を読めたの?」

「はあ？　魔導書？　なんのことだ。これはただのマンガだろ」

「読めたんですね。すごい！」

「……待て、分かりやすく説明してくれ」

能力は置いてきたが、経験は残ったままだ。

俺の直感が「やばいよやばいよ」と全力で叫んでいた。

「だから、魔導書を読めるなんてすごいって話ですよ！　普通の人だったら、魔導書を読むのに最低でも一年くらいかかるのに」

「一年!?　このマンガをか？」

「はい。読破したら魔法を使えるようになるから、それくらいかかるのもしょうがないですけどね」

「えっと……うわ、マジだ。なんか魔法覚えちゃってる」

力を全部置いてきて、まっさらな状態だからすぐに分かった。

今、魔法を一つだけ使えてる。

普通の魔法だ、怪我とかに効く、割と初歩的な炎の魔法。

「本当ですか!?」

「ああ、こんな感じの魔法だ」

「わああ……」

俺がさらっと使って、手の平に炎を作り出して見せると女店員は感動した表情を浮かべるようになった。

「他の魔導書ももしかして読める？」

「魔導書ってのがマンガなら、さらっと読めるけど――」

そこまで言って、俺の置いてこれなかった経験と勘が盛大に警報を鳴らした。

こういう時って、決まって——。

「きゃあああ！」

「貴族様の馬車が暴走して人を撥ねたぞ!!」

「やべえ、肋骨が折れて肺に突き刺さってる！」

「誰か、宮廷魔術師に知り合いはいないのか！」

店の外がにわかに騒がしくなった。

聞こえてきた内容が狙い澄ましたかのような内容だった。

店の外に出て、騒ぎを確認した女店員が、振り向き俺に期待する目を向けてきた。

そして、本棚から別のマンガを抜き取って、それを持ったまま俺を見つめている。

「やべえ、このままじゃ持たねえ！」

「誰か助けてくれー！」

外がますます騒がしい。

「あの……この魔導書なら、治癒魔法」

「もう！　なんでこうなるんだ——って、『俺はまだ、本気を出していない』、なんの皮肉だよ！」

俺はパラパラとマンガを読破して、覚えた魔法で怪我人を治し、街の人々に感謝されてしまうのだった。

97 光の剣、闇の剣

よく晴れた昼下がり、俺は「放蕩当主」の格好をして、街に繰り出した。

「あっ、領主様だ。ハロー」

「ヘルメス様、うちの店にも寄ってってってよ」

「おいヘルメス、今日も酒おごってくれよ」

適当にぶらついてると、いろんな人から声をかけられる。

大半は好意的なものだった。

ちゃんとした住民が大半だが、中にはごろつきまがいの連中もいたりして、そういう人たちも親しげに話しかけてくる。

そうやって適当にぶらついていると、ある店にものすごく行列が出来ているのが目に入った。

なんだろうと思い、近づいて、行列に並んでる最後尾の男に話しかけた。

「なあ、これはなんの行列なんだ?」

「ああん?　って、ヘルメス様じゃないか。知らないんですか、これ」

「だから聞いてるんだ」

「マヨネーズですよ、マヨネーズ」

「まよねーず？」

初めて聞く言葉の響きに、俺は首を傾げてしまう。

まったく初めて耳にする言葉だ、それがなんなのか、まったく想像もつかない。

「まよねーずって、なんだ？」

「食べ物ですよ。数百年もの間伝説になってる食べ物です」

「数百年も伝説に？」

「ああ。今まで油を使うくらいしか分からなかったんだけど、なんかお隣の魔王が最近機嫌良くなって、魔王領の遺跡を冒険者に開放してくれたおかげで、そこからレシピが見つかったらしいぜ」

「魔王って」

カオリのことか。

ってことはカオリが数百年も管理してた遺跡から見つかったレシピか。

それは……なんかすごそうだ。

「なんでも、元々は異世界の人間が持ち込んだ食べ物らしいぜ」

「異世界って、話作りすぎだろ？」

俺は苦笑いした。

異世界人のレシピだというのは、はなっから信じていないが、カオリが絡んでるのなら、ちょっと気になる。

俺はズンズンと前に進んだ。

列の一番前、店先にやってきて、割り込む。

「ちょっと、何するのよ」

「ごめんね、ちょっと先に買わせて」

「何を――って、ヘルメス様じゃないの」

列の一番先頭の女は俺を見て、唇を尖らせるが、それ以上何も言わなかった。

列の割り込みなんてせこいが、放蕩当主をやる分にはこのせこさが丁度いい。

俺は割り込んだ列の先頭で、店の人に聞いた。

「えっと、まよねーず、下さい」

「領主様か、せっかくだから試食していきます？」

「試食か、そうだな、ちょっと試してみるか」

「はい、どうぞ」

店の人はそう言って、瑞々しい、おそらくはもぎたてのキュウリの上に、白いクリーム状の何かを載せて、俺に差し出してきた。

キュウリはキュウリだから――

「この白いのがまよねーずか？」

「そうだよ、食べてみて」

「うん、いただきます……美味い！」

まよねーずの載ったキュウリは、口の中に入れた瞬間美味さが広がった。

甘くて、ほんのり酸っぱくて、濃厚でクリーミーで。

「これ、美味いな！」

「キュウリだけじゃなくて、いろんなものに合うんだ」

「だろうな。これなら麺類や唐揚げとかにも合うし、ああ、ご飯をこれだけで食べてみるのもいいかもしれない」

「おっ、領主様は通だね。最近はマヨラーっていう人たちもいてね、その人たちが一番美味いって言ってるのがご飯とマヨネーズだけの組み合わせだ」

「うん。これを包んでくれ、十人前くらいだ」

「毎度あり」

紙袋に入れてもらった、瓶詰めのマヨネーズを代金と引き換えにもらい、店を後にした。

こんな美味い食べ物があるなんて、後でカオリにお礼をしないとな。

紙袋いっぱいのマヨネーズを抱えたまま、街中をぶらついて回る。

あまりにも美味しいので、瓶のふたを開けて、ちょぴっとずつ指で掬って舐めたりしてみた。

しかし、最近遺跡から色々見つかるな。

ちょっと前にもどら焼きが見つかったし。

俺は、遺跡のことが気になり始めた。

☆

「カノー家の領内で、遺跡とよべるものは一つだけよ」

帰宅した後、姉さんになんとなく遺跡の話を振ってみたら、そんな答えが返ってきた。

「あるんだ、遺跡」

「ええ」

「どこにあるんだ？」

「ヘルメスも行ったことのある場所よ」

「俺も……？」

はて、遺跡なんて行ったことあったっけ。

「初代様の、試練の洞窟よ」

「あれか……」

なるほど、確かにあれも遺跡といえば遺跡だ。

「……あそこって、入っていいものなのか？」

「普通は立ち入り禁止だけど、ヘルメスは当主だから、誰も止められないわよ」

「ふむ」

あの試練の洞窟、か。

どうせ前に試練の時にやらかしたんだ、あれ以上に事態が悪化することもないだろう。

俺は、遺跡に行ってみることにした。

☆

次の日、俺は一人で試練の洞窟に向かった。

姉さんはついてきたがったが、適当なことを言って煙に巻いた。

あれ以上事態は悪化しない——とは思うものの、やはり一人で行った方が無難だと思った。

前にも通った道を一人で通って、試練の洞窟にやってくる。

さて、ここにはお宝は眠っているんだろうか、と。

俺は洞窟の中に入った。

ちなみに試練のコインは全部スルー、触ることもしない。

下手に触って、何か変なことになったら目も当てられないからな。
そう思って、洞窟に入った――その時。
がしゃん。
国王からもらい、常に腰に提げていた先祖の剣。
帯びるためのヒモが切れて、音を立てて地面に落っこちた。
「おっと、いかんいかん」
腰を屈んで、拾い上げようとした――が。
剣は鞘ごと横滑りして、俺から離れた。
そして、地面から一人の女が浮かび上がった。
全身が半透明で、幽霊のような女。
黒くて長い髪が特徴的で、なんだかどこかで見たことのあるような女だ。
女は手をかざして、俺の剣をしばし見つめ。
『なつかしいな』
「え?」
『……ふっ。聞こう』
女はにこりと笑いながら、さらに手をかざす。
俺と女の間に、二振りの剣が浮かび上がってきた。

『お前が落としたのはこの光の剣か、それともこの闇の剣か』

「どっちも違うけど、というかそこにあるじゃん。俺が落としたのはそのボロ剣だ」

『お前は正直者だな』

女は愉しげに笑った。

「いや正直者もなにも」

『褒美に、お前の剣にこの二振りを宿してやろう』

「え？」

直後、光の剣も闇の剣も、どっちも俺の剣に吸い込まれていった。

完全に溶け込んだあと、女は剣を返してくれた。

『ではな』

「ちょっと待っ――」

手を伸ばして止めようとするが、女はすうと消えてしまった。

俺の剣だけを残した。

狐につままれるような気分だが、俺はおそるおそると剣を鞘から抜き――

「うわぁ……」

と、げんなりした声を出した。

ボロ剣だったそれは、抜き放った瞬間、黒い光――闇の光を放つ刀身が見えた。

完全に抜き放ち、軽く振ってみる。

洞窟の壁、岩壁が豆腐のように切れてしまった。

「これ……絶対誤解されるヤツだよ。試練の洞窟でパワーアップして帰ってくるとか」

『やっぱりヘルメスは本気出すとすごいんだわ』

姉さんの言葉が空耳になって聞こえて、俺はため息をつくしかなかったのだった。

98 予想外の黒幕

「そういえば、最近女の子の誘拐が増えてるんだけど、ヘルメスちゃん何か知らない？」

「んえ？」

とある日の昼下がり、オルティアのところでくつろいでいると、彼女がいきなりそんなことを聞いてきた。

それまで一緒にベッドの上にいて、彼女に膝枕してもらってうとうとしていた俺は、一気に目が冴えて、膝枕のまま彼女を見上げた。

「どうしたんだいきなり。お前からそんな話題を振ってくるなんて珍しいな」

俺は聞き返した口調以上に、オルティアのそれに驚いていた。

オルティアは「プロフェッショナル」な娼婦だ。

本人は娼婦としての誇りをもっているっていつも言ってて、実際娼婦以外のことでは金を取らない。

娼婦という、男を盛大に惑わす職業である以上、相手の男から通常以外の金銀財宝を渡されることも多い。

それを受け取ること自体は悪いことではない、むしろ娼婦として当たり前のことだ。

だが、オルティアはそれを頑としてしていない。

そんな彼女が、客として来ている俺にこんなことを聞いてくるなんて普通はないことだ。

「おかしいかな」

「ああ、おかしい。一生のお願いとかでおねだりされるのならともかく」

「一生のお願いの方が好きなの？　ヘルメスちゃんマゾっ子だっけ？」

「なんでだよ！　男としておねだりされるのは悪い気はしないってだけだ」

要求次第ではあるが、可愛い女の子に「お願い」をされるのは普通に悪い気はしない。

むしろ気分がいいのである。

「あはは、ごめんごめん」

オルティアは両手を合わせて、ウインクしながら謝ってきた。

直後、表情が変わる。

今までのとは違う、真剣な表情だ。

それに「何か」を感じた俺は、膝枕から起き上がって、ベッドの上でぐるっと半回転して、
彼女とまっすぐ向き直った。

「ヘルメスちゃんも知ってると思うけど、娼婦って、誘拐されて売られてきた子も多いんだ」

「まあ、な……今でもか？」

「今はあまり」

「そうか」

俺は静かにうなずいた。

俺が領主になって、政務をしてきた中でいくつか気に留めたことがある。

人さらいと、人身売買のことだ。

親から自発的に子を売るのは禁じていない。

真っ当に売り買いした方が互いに幸せなことが多い。

誘拐による人身売買はキツく禁じて、取り締まりさせている。

その結果がオルティアの口から聞けて、少しほっとした。

「でもやっぱり、ゼロじゃないのよ」

「そりゃな。なんでも『ゼロ』ってのはありえんさ」

「たまにやっぱり来るのね。ここだと買い取った方がいいことも多いから買ってるし、それでまた来るんだけど、ここ最近また誘拐が多くなってるけど、うちにはまったく来ないのよね」

「他の娼館には？」

「やっぱり来ないみたいだよ。お姉様にも聞いたんだけどね」

お姉様……オルティアの娼婦の先輩、ヘスティアのことか。

「そう、か……」

俺はあごを摘んで、考えた。

オルティアに話したことではないが、「まったくない」ってのはおかしい。

これが普段から買ってないっていうのなら、ここに来ても意味がないって意味で来ないだろうけど、普段から人さらいから買い取ってるんなら、まったく来ないのはおかしい。

ゼロになったのなら、そこに何かがあると考えるべきだ。

「だから、さ。ヘルメスちゃん何か知らないかなって」

「……わかった。調べてみる」

☆

「ご当主様に言われて調べてみたのですが、おっしゃる通り領内での行方不明が多く発生しております」

屋敷の執務室。

調査をさせたミミスの報告を聞いて、俺は眉をひそめていた。

ミミスに命じてからわずか半日程度だが、それでもはっきりと「多く発生している」っていう結果が上がってくるくらい、多発しているみたいだ。

「解決はしてるのか？」

「ほとんどが未解決とのことです。そして」

「そして？」

「おそらくは全て同一犯、ということのようです」

「根拠は？」

「今のところ誘拐の件数が増えた分と思しきものは、すべて若い娘がさらわれているとのことでございます」

「若い娘？」

「年齢は下が十二、上が二十五まで。いずれも未婚の娘だけが狙われているようです」

「出自は？」

「農家の娘もいれば、商人の娘も。街で評判の茶屋小町もおりました」

「なるほど……」

　その年代の子たちばかりなら、確かに噂になれば、オルティアのような娼婦・娼館が気にかけるのは当然の話だな。

　共通点がないのも、噂を加速させる理由なのかもしれないな。

「それともうひとつ」

「ん？」

「さらわれた娘の実家に、金銭が届けられております」

「金銭が？　どれくらいだ」

「金貨で、十枚ほど」

「金貨十枚!?　若い娘なら十年必死に働いてどうか、って額だぞ」

「金銭が発生している以上、やはり人買いではないか、と――」

「バカかお前は」

俺は呆(あき)れた。

言われたミミスはきょとんとなった。

「ど、どういうことでございますか？」

「若い娘の人身売買にしては額が大きすぎる、それにそういう相手がわざわざ相手の実家に金を届けるか？」

「そ、それは……」

狼狽(ろうばい)するミミスを放っておいて、俺は考えた。

積極的に関わるべきかどうかを迷った。

俺の勘がこう言ってる。

この件は、結構でっかい裏と繋(つな)がってる。

誘拐という手段なのに、相手の実家に大金を届けたのが一番の理由だ。

でっかい何かと繋がってる案件は、逆に言えば解決しちゃった時の名声の高まり具合もでっかい。

オルティアには悪いが、この話は聞かなかったことに——。

「——っ！」

俺は椅子(いす)を倒して立ち上がった。

「ご当主様？」

驚くミミスをよそに、窓の方を見る。

正確には、そっちから伝わってきた合図を読み取る。

間違いない、この合図は姉さん。

姉さんは俺にとって大事な人だ。

そのため、姉さんの身に何かあったらすぐに分かるように魔法をかけている。

三人の兄さんが隕石で急死したこともあって、姉さんの身を守るために魔法をかけておいたのだ。

その魔法が、発動した。

姉さんの危機を伝えてきた。

「——っ！」

俺は窓を突き破って飛び出した。

飛び出して、虚空を蹴って加速して、飛行魔法で一直線に信号の場所に向かった。

すぐに、空からそれが見えた。

大通りを街の外れに向かって、疾走している一台の馬車。

俺は腰の剣を抜き、それを投げつけた。

剣はまっすぐ飛んでいった後、弧を描いて一度急上昇したあと、真っ逆さまに地面に向かって、吸い込まれるように落ちていった。

そして馬車の先——馬の先の地面に突き刺さる。

ひひひぃーん——と、馬がいなないて、馬車が止まった。

とんできた剣——黒いオーラを出す闇の剣の圧倒的な存在感に、馬はあわや棒立ちになるくらいの勢いでとまった。

俺は剣の横に着地した、馬車と——御者を睨んだ。

「その中の人を置いていけ」

「——っ!」

フードを深く被った御者は見るからに動揺した。

そんな反応がなくても、姉さんが馬車の中にいることは間違いない。

「何を言っているのか——」

女の声だった、俺はそれを無視した。

突き刺さった剣を抜き放って、真横になぎ払う。

真空の刃が、馬車の上半分を斬り落として、そのまま吹っ飛ばした。

馬車の中に二人がいた。

一人は、気絶している姉さん。

気絶こそしているが、パッと見た感じまだ何もされてない。

もう一人は――女だった。

仕立てのよい服を着ている、俺より何歳か年下の若い少女。

「その人を置いていけ。俺の姉だ」

「エレーニ！　そいつをどかしなさい！」

姉さんと一緒に乗っている少女が声を張り上げて叫んだ。

主の命令を受けて、御者が懐に手を差し入れる――が。

「エリカ様？」

戦闘開始――の状況を止めたのは横から聞こえてきた、驚いている女の声だった。

振り向くと、その女は知っている顔だった。

ヘスティア。オルティアの娼婦の先輩だった。

「あんた……お父様の……」

「その方……エリカ様が誘拐の犯人だったのですか？」

互いに驚き合っている二人。

俺は眉をひそめつつ、闇の剣を鞘におさめて、ヘスティアに聞く。

「あの子を知っているのか、ヘスティア」

「はい」

ヘスティアは頷いた。

途端、俺は悪い予感がした。

とてもとても、悪い予感。

直前の女の子の「お父様の……」という言葉と、かつてヘスティアと関わった「父」という流れを思い出したから。

だから、彼女が答えるのをやめさせようとしたのだが。

「エリカ・リカ・カランバ殿下。カランバ王国の現女王陛下ですわ」

黒幕が、予想以上にでかすぎた。

99 女王の変貌

「カランバの女王だって!?」

カランバ王国。

大陸五大国のうちの一つで、代々女王が即位している国だ。

五大国の中でも特に国力があって、その気になれば一国で他の四カ国と渡り合えるとまで言われている。

もちろんその話は、コモトリアの魔王が動かない、という前提の上に成り立っているものだが、それでもなおカランバの国力のすごさがうかがいしれる。

そのカランバの……女王だって？

この少女が？

「エレーニ！」

「は、はい」

「なんとかしなさい」

女王エリカは再び、御者をやっていた自分の家臣に命令をする。
御者は懐から儀礼用の短刀を取り出すやいなや、それを構えて魔法の詠唱を始めた。
短刀を媒介に魔法陣がうまれて、御者の魔力が高まっていく。
パチン。
俺は指をならして、衝撃波で短刀を飛ばした。
それがはじかれると、魔法の詠唱は魔法陣と共に跡形もなくはじけ飛んだ。
その余波で、御者が頭からすっぽりと被っていたフードもはじけ飛んだ。
「女の子?」
現れたのは、エリカよりも一回り幼い女の子だった。
顔も体つきも、明らかに幼さを残している女の子。
そんな彼女が驚きとともに怯えを顔に出している。
「エレーニ。エリカ様とともに育てられた、もっとも近しい存在の侍女ですわ」
俺が驚いたのを受けてか、横からヘスティアが説明をしてくれた。
王族や貴族はよくそういうことをする。
忠誠心を育てる為に、赤ん坊の時から、一緒に過ごさせる存在が。
時には、姉妹同然に育つはずのその相手——エレーニに向かって。
「エレーニ!　わたくしを逃がしなさい」

「で、でも」

「あれをやりなさい」

「――っ！　は、はい！」

驚いたあと、エレーニは決意の表情で――涙目ながらに俺を睨みつけた。

驚きと決意の間に一瞬、怯える表情を見せたのが気になった。

それがなんなのかと不思議に思ったが、すぐに分かった。

突然、エレーニは俺に飛び込んできた。

攻撃するそぶりはなく、武器も持ってない。

だから反応が一瞬遅れた。

その遅れの間に、エレーニに抱きつかれた。

ぎゅっと、幼い少女が必死に抱きついてきた。

すぐに振りほどけるし、ここに至ってもまだ攻撃するそぶりがないから、さらに対処が遅れた。

直後、エレーニの体の中から魔力が高まる。

体の中で魔力が渦巻き、徐々に高まっていく。

「こ、これは……っ」

ヘスティアの顔が強ばった。

直接ふれあっていない彼女にも感じるくらい、不吉な予兆を強く孕んだ魔力の高まりだ。

接触している俺はなおのこと、魔力の質から、エレーニがしようとしていることを理解した。

「お前自爆するつもりか？」

「自爆ですって⁉　エリカ様！」

ヘスティアは明白な非難の色をエリカに向けた。

エリカは一瞬だけたじろいだ。

アイギナの王と同じで、ヘスティアも「父の女」という認識があるんだろうか。

一方で、エレーニはますますしがみつく腕の力を強くさせた。

「こ、こうすればエリカ様は」

「馬鹿な真似はよせ！」

「――っ！」

俺に怒鳴られて、一瞬ビクッとしたが、その後悲しげな顔をした。

だがやめることはなくて、よりぎゅっ、って感じで俺にしがみついて、顔を見られないように俺の胸に顔を埋めた。

その姿はまるで恋人同士の逢瀬だが、状況はそんな甘ったるいものじゃない。

「わるいが、その自爆はやめさせる」

幼い少女の腕力はいつでも引き剝がせるが、暴れさせないために抱きつかれたままにさせて、エレーニの背中に手を当てた。

体の中に埋まっている自爆の魔力を解除するために、俺の魔力を潜り込ませた。

すぐに魔法の核にたどりつき、それを解除しようとしたが。

「なっ、これは！」

「どうしたのですか？」

俺が声を上げたので、ヘスティアが聞いてきた。

「魔法が二つ……これは……瞬間移動系？」

「瞬間移動……エリカ様を逃がすため？」

「そうなのか？」

「……」

エレーニはもう答えなかった。

その代わりさらにぎゅっと俺にしがみついて、そういうことだと強く主張した。

自爆して目の前の相手を始末しつつ、主を瞬間移動で逃がす。

それはやっかいだった。

二種類の魔法、つまり魔力が彼女の体の中で渦巻いている。

外からじゃ気づかなかった瞬間移動の魔力は、自爆のそれに複雑に絡みついている。

どちらかを無理矢理解除しようとすると、かさぶたを強引に剝がしたみたいに、それが「爆発」する。

「……外からじゃ手の施しようがないか」

一瞬、俺の顔が歪んだ。

そうしている間にも渦巻く魔力が勢いを増して高まっている。

迷っていい分、次も手遅れになる。

「すまん」

俺はそう言って、エレーニの肩をつかんで引き剝がした。

彼女は一瞬「えっ」って顔をした。

それも無視して、彼女の唇に唇を重ねる。

「――っ！」

至近距離で目を瞠るエレーニの反応も無視して、重ねた唇から魔力を潜り込ませる。

キスは、体の内部に一番深く干渉できる繫がりの一つだ。

俺は魔力を潜り込ませた。

渦巻いている魔力の場所にすぐにたどりついた。

その二種類の魔力を、急いで慎重に剝がしていく。

時間はかけられない、今でも自爆の方は膨れ上がっていってる。

その二種類の魔力を慎重にはがしつつ、それぞれに相反する質の魔力をぶつけて「溶かす」。

剝がす、溶かす、暴れるエレーニを押さえる。

その三つを同時に行うのは神経が削られるが――俺はそれをやりきった。

目の前の幼い少女の命がかかっていたから、真剣にやってそれを止めた。

「はうぅ……」

繋がった唇が離れて、エレーニはふにゃ、としてその場にへたり込んだ。

「ど、どういうことなの？　なんで何もおきませんの!?」

上半分が切り離された馬車の上で、エリカは驚愕した顔でわめいていた。

「二つの魔法とも、俺が解除した」

「なんですって」

「これさ、お前が仕込んだやつか？　明らかにこの子の魔力だけじゃなかったんだけど」

「当たり前でしょ、いざという時のために必要なことですわ」

「……何が起きるのか分かっているのか？」

「当然ですわ。道具の性能を――」

パーン。

気がつけば、俺は馬車に迫って、無表情で右手を振り抜いた。

平手がエリカの横顔を振り抜き、彼女は呆然としてしまう。

ビンタに打ち抜かれて横を向いた顔が、錆びた蝶番のようにぎぎぎ、って感じで再び正面を向く。

「わたくしに……わたくしになにを」

「自分が何をしてるのかわかってるのか？　この子、赤ん坊の頃から一緒に育った子なんだろ」

「わたくしを誰だと、カランバの女王、エリカ――」

「そんなの関係ない」

一喝して、エリカを止めた。

「――え？」

「人としての話をしてるんだ、俺は」

「ひと、として？」

まるで幼い子供のように、俺の言葉を舌の上に転がすかのようにおうむ返しをするエリカ。

「そ、そんなこと――」

「まだ言うか」

言い訳を続けるエリカに腹が立った。

この程度の話に反論する彼女は、わがままな子供に見えてきた。

そう見えた俺は、彼女の肩をつかみながら馬車にあがった。

そのままひょいっと持ち上げて、ぐるっと半周させて、俺の膝の上に腹ばいに乗せる。

「な、何をなさいますの!?」

「お仕置だ」

俺は手をあげて、エリカの尻めがけて思いっきり振り下ろした。

お尻叩き。

駄々っ子に見えたエリカの尻を思いっきり叩いた。

「まあ……」

「エリカ様！」

ヘスティアとエレーニがそれぞれ反応をした。

「痛っ！　な、何をする――ひゃん！」

声を上げて、ジタバタするエリカ。

俺は構わず、服の上からでも結構いい音がするくらい、彼女の尻を叩いた。

最初は抗議だったが、やがて啜り泣きに変わっていく。

十――いや考え直して二十叩いたところで、彼女を解放する。

「反省したか？」

「はんせい……？」

「あんな風に近しい人の命を使い捨てにするな。またやったらまた尻叩くからな」

「また……たたいてくれるの？」

「ああ、何度でもな」

「わたくし……女王なのですわよ」

「そんなの関係ないな」

まだちょっと、怒りが残っていた。

駄々っ子のくせに人の命を使い捨てにする彼女の振るまいがまだちょっと不快だった。

だから、またそうなったら尻を叩きに行く、という意味で頷いた。

これで反省するか、あるいはさらに反発するか。

エリカの反応を見てこの先の対処を決めよう——と、思ったのだが。

エリカは俺からそっと離れた。

うつむき加減で、顔を赤く染めて、上目遣いで俺を見た。

どういう顔だ？　と首を傾げる俺。

反省でも、反発でもない。

エリカが見せるその顔は、俺のどの予想にもなかった顔だった。

「あなたの……お名前は？」

「ヘルメス、ヘルメス・カノーだ」

「ヘルメス……ううん」

エリカは俺の名前を一度読んでから、それを振り払うように首を大きく振って。

「ダーリン」

「へ？　今なんて？」

「ありがとうダーリン、本気で叱ってくれて」

「あ、ありがとう？」

「こんなの初めて、嬉しかった」

「え？　え？　えええ!?」

いきなりのエリカの豹変、俺はその変化についていけなかった。

助けを求めて視線をさまよわせると、ヘスティアと目が合って。

「本気で叱ってあげたから、好かれたのですわね」

「えええええ!?」

そんなのありなのか!?

100 王と王

「あれは領主様とソーラ様だよな？」

「へ、へ、ヘスティアさんもいる」

「もう一人の女の子は誰だ？　どこかで見たような気がするけど」

まわりがざわつき始めた。

このままじゃエリカの正体がばれかねない、そうなったらもっと大きな騒ぎになる。

「このままじゃ騒ぎになるな」

「けしちゃう？」

エリカは可愛い顔で物騒なことを言ってきた。

「消しちゃわないで！　場所を変えればいいんだから」

俺はそう言いながら、おでこに手を当てた。

魔力を込めて、簡単な魔法を行使。

次の瞬間、おでこからぱあぁ！　とまばゆい光が放たれた。

「きゃ！」

「なんだこの光は!?」

街の人々が悲鳴を上げたりする中、姉さん、ヘスティア、エリカ、そしてエレーニ。

四人を連れて、目くらましがきいてる間に飛行魔法で飛び上がった。

飛んでる途中も見られる可能性があるから、最大速度で屋敷に戻ってきて、中庭に着陸した。

「これでよし」

屋敷に戻ってくればもう大丈夫だ。

さすがに貴族の屋敷で、貴人がいるからって騒ぎになるようなことはない。

「え？　ここは……」

「俺の屋敷だ」

「ダーリンの屋敷？　もしかして、ダーリンってすごい人？」

「ヘルメス・カノー。ただの貴族だ」

「カノー……そうなんだ……。えへへ……」

俺の名字（みょうじ）を聞いて、何故か嬉しくなったエリカ。

なんなんだろう……と思ってそれを聞こうとしたところに、屋敷の方から一人のメイドが駆け寄ってきた。

「お帰りなさいませご主人様。ご報告が」

「なんだ?」

「先ほどお客様がお見えになられました。また来るとのことで――」

「分かった。また来るなら話は後でいい。姉さんを連れて下がってくれ」

「えっと……はい、わかりました」

メイドはなおも何か言いたげだったが、俺はちょっと強い視線で下がらせた。

貴人に慣れている屋敷のメイド、いるからって騒ぎにはならないが、エリカが「ダーリン」って俺のことを呼んでる以上、話はなるべく聞かせたくない。

メイドは従順に命令に従って、人手を呼んで気絶したままの姉さんを屋敷に運んだ。

残ったのは俺と、ヘスティアと、エリカとエレーニの四人になった。

「さて、と」

俺は改めて、エリカの方を見た。

「なあに、ダーリン」

俺のことをダーリンと呼ぶエリカは、ただの幼い女の子に見えた。

「本当に、カランバの女王なのか?」

「ぶ、無礼ですよあなた!」

エレーニが抗議してきた。

「黙りなさいエレーニ」

エリカはエレーニを黙らせた。

彼女に「命令」をした瞬間のエリカの横顔は、俺に向けてくる無邪気さとは対極的な、冷酷な人間にありがちな目をしていた。

が、こっちを向くと、それは跡形もなく消えて、またまた無邪気で能天気な瞳に戻った。

「エリカ・リカ・カランバ。正真正銘の女王だよ」

「私からも保証しますわ」

ヘスティアが物静かにいった。

アイギナ国王とも繋がっている彼女だし、最初にエリカの名前を呼んだのも彼女。

顔見知りなのは間違いないようだ。

「そうか……だったらなんで？」

「なんでって？」

「女王がなんで自分から人さらいの実行犯をやってるんだ？　家臣に任せとくのが普通だろう？」

これは善し悪しとは別の問題だった。

彼女が姉さんや他の女の子たちをさらうことの善し悪しとは別に、大陸最大国の女王ともあろうものが誘拐の現場に出てくるなんて、それだけで一つの謎だ。

「あのね、カランバの女王は代々、薔薇の園を作るの？」

「薔薇の園……？　ってまさか⁉」

俺の頭の中にいやな光景がよぎった。

「処女の血が一番薔薇を綺麗に咲かせるとかそういうことか⁉」

「え？　あははは、ちがうよーダーリン」

エリカはクスクスと、おかしそうに笑った。

「本当の薔薇じゃなくて、女王のハーレムを薔薇の園っていうの」

「あぁ……」

ちょっとほっとした。

いや、歴史上そういう話が多いんだよ。

処女の血が美容に良いからって、沐浴とかのために大量虐殺をした女王とか妃とか。

そういう話とかじゃなくてほっとした。

「カランバの中興の祖、リカ・カランバ様から始めたことでね、世界中の美女を集めてハーレムにして、自分の好きな男に丸ごと献上するっていうのが、薔薇の園。聞いたことない？　薔薇の園の主の話」

「えっと……どうだったかな」

なんかそういう話聞いたことあるようなないような……。

「ダーリンの御先祖様のことだよ？」

「え？」

「魔剣使い、ダーリンとエリカの御先祖様。そうそう、魔王の父親でもあるね」

「またあいつかよ！」

ちょくちょく話をきくな！　いったいどんだけやらかしてるんだよあの男は。

「だから、エリカは自分でいい女を捜して回ってるの？　本当にいい女ってなかなか出回らないから。奴隷からも選んでるけど、奴隷からだと十万人に一人いるかどうかだから効率悪いんだ」

「そうか……」

「自分のハーレムを作るから、自分で好みの子を捜して回らないとね」

「自分のかよ!?」

ってか、それって女同士ってことだよな。

「カランバの女王は、代々それをなさってきました」

ヘスティアが横から説明してくれた。

「そうなのか？」

「ええ、私も」

「ほええええ!?」

今日一番驚いた。

ってことは、エリカの父親じゃなくて、母親と顔見知りだったってことか？　ヘスティアは。

「ねえねえダーリン。今日からエリカの薔薇の園、丸ごとダーリンにあげちゃうね」

「え？」

「これからはダーリンのハーレム作るように頑張る！」

「やめて!?　姉さんと同じことはやめて!?」

「同じこと？」

俺は姉さんが進めている、ＨＨＭ48（エルメスハーレムフォーティエイト）の話をした。

「へえ、さすがダーリンのお姉さん、やるじゃない」

そう話すエリカの表情がまたちょっと変わった。

負けず嫌いな人間にありがちな目になった。

話をようやく完全に理解して、一段落して。

俺はほっとした。

「ふう……」

「ダーリン」

「うん？」

「もしかして、怒った？」

「いや、怒ってはない」

「本当に？」

「ああ、ハーレムの話なら別にいい」

エリカは女王だ。

エリカ・リカ・カランバ。

大陸最強国カランバ王国の女王だ。

それほどの権力者が、ハーレムの一つもないなんて逆におかしい。

歴史上、国王クラスの権力者でハーレムを作らなかった人間は一人として存在しない。

人さらいも、まあ良い。

俺はちらっと、エリカの部下、エレーニを見てから。

「家臣を使い捨てにするような真似(まね)はするな」

「あっ……」

ハッとするエリカ。

おそらく普通にやっている分には、賢く頭の回転が速い子なんだろう。

俺が言いたいこと、怒っていることをすぐに理解した。

「……ごめんなさい」

「これからはしないな？」

「うん。エリカ、もう家臣を使い捨てにしないから」

「ならいいんだ。それとダーリンはやめてくれ」

「なんで？　ダーリンはダーリンじゃない」

直前の素直な反省とちがって、ここには何がなんでも直さないぞという堅い意志を感じた。

口調はさらりと聞き返してきただけなのに、頑固さとか決意とか、そういうのがものすごく伝わってきた。

すごい子だ、エリカ。

いやいや、感心してる場合じゃない。

とにかくダーリンをやめさせなきゃ。

何かをして、嫌われるか冷めてもらうかしなきゃ。

そのためにするべきことを俺は考えた。

「甥(おい)っ子(こ)ちゃん、遊びに来たのだー」

どごーん!!!

聞き覚えのある声の直後に、耳をつんざく爆音と、大地を揺るがすほどの衝撃波が広まった。

「いきなり何をするんだカオリ」

声の主は魔王カオリ。

いつの間に現れて、挨拶(あいさつ)代わりの攻撃(じゃれあい)をしかけてきたカオリの攻撃を、ほとんど考えずに打ち返した俺。

「いきなりじゃないのだ。さっき来て、甥っ子ちゃんのメイドに『後でまた来る』っていっておいたのだ」

「え？　ああ、あれってそういう……」

確かにメイドがそんなことを言ってたな。

まあ、カオリのことは体で覚えてるし、どうせじゃれ合いだからまったく何も聞いてなくても反応出来るけど。

「それより、あいつらはなんなのだ？」

カオリが俺の背後を指さす。

振り向く――ハッとした。

衝撃波で尻餅（しりもち）をついたヘスティア、エレーニ、そして――エリカ。

その中でもエリカは、尻餅をついたまま目をきらきらさせていた。

「魔王と互角……さすがダーリン」

「いやいやいや待て待て、互角とかじゃないぞ。今のはそう、じゃれ合いだから」

「魔王は前の魔王の言いつけで、互角の人間じゃないと手を出せないんだよね」

「あっ……」

「やっぱりダーリンってすごい！」

「おっふぅ……」

カオリに反応してしまったおかげで、ますます深みにはまった、そんな気がした。

101 先祖の遺産

屋敷のリビングの一つで、俺はいつものようにくつろいでいた。

が、心の底からくつろげなかった。

「つ、次はこれです」

「……来年の学生たちの給料ね」

「はい！　その予算案です」

「……今年の民間の成長率は？」

「しし、試算では２・４％です」

「なら一律で３％アップ」

「分かりました」

その理由が、俺の横のテーブルを陣取って、何故かこの屋敷で執務を行っているエリカと、その側近のエレーニ。

エレーニがところどころ小動物チックにビクビクしながらエリカに書類を差し出しては、エリカがそれを読み、場合によっては追加の情報を求めたりして、決済を行っていく。

彼女との出会いから今日で七日がたった。

今日もエリカは、こんな感じでカノーの屋敷に入り浸っていた。

「あの……」

「なあにダーリン」

おそるおそる声をかける俺。

それに振り向いたエリカ、表情が一変していた。

執務をしていた時の凛然とした表情は跡形もなく消え去り、稚気が強めに残る世間知らずの令嬢のように見えてしまう。

その変貌に複雑な想いを抱きつつ、聞いてみた。

「なんで今日も来てるんだ？」

「それは、だって……」

エリカはもじもじし、体をクネクネさせてから——

「ダーリンの家に通い妻、きゃは」

「いやきゃは、じゃなくて」

俺は複雑な表情をしながら、まずは正論をぶつけた。

「お前がここにいるのはまずいんじゃないのか？　仮にも——いや仮とかじゃなくて、カランバの女王様なんだろ？」

俺は言い換えた。

実際、俺に向かってもじもじくねくねしている時はともかく、政務と向き合っている彼女の姿を見ていると、「仮にも」という言葉を自然と引っ込めざるをえない。

むしろ「賢女王」とか「豪腕」とか、そういう形容がしっくりくる為政者だった。

俺なんかよりも、よっぽど真面目に執務に励んでいる。仮にもとか失礼すぎて言えない。

「嬉しい！」

が、今の彼女は俺と向き合っている……良くも悪くも能天気なモード。

俺にそう言われて、ガバッと抱きついてきた。

「えへへ……ダーリンに認められちゃった」

「いやまあ……」

「ダーリンは、ちゃんと仕事をしてる子が好きなんだね」

「それは……まあ……」

素直に頷くのにちょっと罪悪感を感じないでもなかった。

ちゃんと仕事をしている相手がいい、というのはその通りだ。

ただし理由は、相手が仕事をして俺がサボる――という、とても口に出して言えないものだ。

それがちょっと申し訳なくて、俺は話を逸らした。

エリカに抱きつかれたまま、彼女が今まで処理して、積み上げてきた書類の山を見た。

「それよりもびっくりしたよ。すごいテキパキにぱっぱって決めるんだな。こういうのって普通は側近とか、大臣たちと諮(はか)って決めるもんなんじゃないのか?」

「そんなの必要ないよダーリン」

エリカは俺に抱きついてニコニコしたまま、しかしきっぱりとした口調で言い切った。

有能と色ぼけの中間くらいの感じだ。

「王がちゃんとしてたらね、全部王だけで決めてしまった方が効率がいいの。シラクーザなんか双女王以来何を決めるにも協議をするんだけど、あれ効率が悪すぎるのよね。五大国の内唯一衰退し続けてるのそのせいだよ」

「ふむ、なるほど」

その話、前半の部分は分からなくはない。

側近とか大臣とかが無能だったり、腹に一物抱えてたりすると、相談するのって時間を食うだけで何も生まれないもんな。

こっちがズバッと決めてしまった方がいい時が多い。

それを、何度も経験してきた。

「そうか、すごいな、お前は」

「そう? えへへ……」

表情が再び色ぼけの方に振り切って、恥じらって顔を伏せ、上目遣いで俺を見るエリカ。

「ダーリンがこういうのが好きなのは嬉しいな。エリカ、もっともっと頑張って仕事しちゃうね」

「いや、まあ……」

俺は口籠もった。

他国でも、女王としての仕事をちゃんとするという話は、止める立場にないしさっきの話を聞いてても止める理由はないと思った。

学生の給料。

カランバを強国たらしめる最大の理由だ。

エリカが信奉するリカ・カランバが始めたとされている、学生の給料制。

通常、例えば農村とかだと、子供はそのまま労働力だ。

成長して動けるようになったら、少しずつできる農作業をやらされるのが一般的だ。

大昔、六歳の子供だけで牛の出産をやりきったのを見たときはいろんな意味でショックだった。

その分、子供が普通の教育を受ける機会が少ない。

それを解決したのが、子供の給料制。

子供が行く学校では、学校や教師に謝礼を払うのではなく、通う子供に給料を出す。

その給料の設定が、普通に子供を働かせるよりも割が良いように設定される。

その結果、子供が労働力だけで終わることは少なくなって、口減らしも五大国のうちもっとも低い水準になった。

子供のころから教育を受けさせることで、他の国じゃすくい上げられなかったであろう家柄の才能まで発掘されるようになった。

さらにその制度が、親に安心して子供を産ませた。

それらの好循環が、カランバを強国たらしめていた。

それをちゃんとやっているエリカ。そんなのを止めさせるわけにはいかなかった。

……。

…………。

……………。

「いやあるわ!?」

図らずも一人ノリツッコミな形になってしまった俺。

エリカはえ？　って感じで驚いて俺を見上げた。

「どうしたのダーリン？」

「普通にダメだろ。カランバ女王のお前がここにいちゃダメだって」

「なんで？」

「なんでって、ここアイギナ！」

「なんだ、そのことか」

けろっと言い放つエリカ。

「いやいや、そのことかじゃなくて」

「だって、ダーリンのところにコモトリアの魔王、よく来てるじゃない」

「うっ！」

俺は言葉につまった、それを言われるとつらい。

七日前の出会いからして、カオリが好きなときにやってきてパッと立ち去るのをエリカの目の前でされている。

コモトリアの王がよくて、カランバの王がだめっていう根拠が、パッと思いつかなかった。

俺は口籠もったあげく、苦し紛れに。

「か、カオリは魔王だし、止めても無駄っていうか。その点エリカは普通の人間、女王っていったって、やりすぎると臣下の反乱もあるだろ？」

言っていくうちに、うんそうだって思えてきた。

カオリは普通の王じゃない、魔王だ。

彼女の国でクーデターを起こせる人間なんてこの世に果たしているのか、っていうくらい超越した生物だ。

でもエリカはそうじゃない。

うん、この理屈、通るぞ――

「それなら大丈夫だよダーリン。エリカ、ちゃんと変装してるから」

「え？　変装？」

「うん！　ダーリンとエリカの御先祖様が編み出した方法でね、すっごくバレにくいんだよ」

「俺とおまえの……それってカオリの父親のこと？」

「そうそう、魔王の父親」

コクコクと、笑顔で頷くエリカ。

俺たちの先祖、カオリの父親。

何かがある度にちょこちょこと話に出てくる人だけど、ここでもまた出てきた。

一体どういう人なんだろう……。

「そういうことなら……でも、どういう変装をしてたんだ？」

俺は首を傾げて、思い出そうと試みる。

今日、彼女がやってきた時どういう格好をしてるのかな、って思い出そうとした――のだが。

「え？」

「え？」

エリカがきょとんとした。

「どうした」

「ダーリン……もしかして……見えてる？」

「見えてるって、なにが？」

「ねえダーリン、エリカって、今どんな格好に見える？」

「どんなって、普通に女王というか、王女というか、高そうな白いドレスを着てるだろ？　だから変装した方がいいって――」

「ああん！　やっぱりダーリンってすごい！」

エリカは再び俺に飛びつき、首に抱きついてきた。

その勢いで俺は彼女に押し倒されてしまう。

「ちょ、ちょっと待ってくれ。というかすごいって何が？」

「えへへ、エリカ、普通に見えてるんだよね？」

「見えてるっていうか普通に――ちょっとまって」

さあ、と血の気が引いていくのを感じた。

また、このパターンか？　って気づかされてしまった。

「この変装ね、エリカたちの御先祖様が開発したものは、術者の力を上回ってないと見破れない代物（しろもの）なんだよ」

「……おう」

「テクニック関係なしに、純粋な力」

「で、でもお前の魔力はそんなに――」

「エリカはちゃんと、カランバ一の魔力を持つ宮廷魔術師にやってもらったんだ。ダーリン、変装してないように見えるんだよね」

「おっふぅ！」

「ってことはダーリン、あの子よりも魔力が高いんだよね！　すごい！　やっぱりダーリンって最高！」

がーん、となってしまった。

その話を聞いて、改めてエリカを見る。

たしかにそれはあった。

イメージ的には、透明の何かを纏っている。

集中してようやく、その「透明」のものが見えた。

俺はこっそり、いつも持ち歩いている力を押さえるための指輪を、ポケットの中でつけてみた。

すると、エリカの姿が変わった。

女王とも王女とも取れる姿から、まったく違う見た目の、普通の少女になった。

気づかなかったけどエリカは確かに変装していて。

俺は、宮廷魔術師がやったそれを見破ってしまっていた……。

102 オルティアの喜び

俺を一通り持ち上げたところで、エリカは再び執務に戻った。

相変わらずというか。

何度見ても、惚れ惚れするようなオン・オフの切り替えだ。

直前まで知力が三歳くらいに低下したような勢いで俺に「すごいすごい」っていってたのが嘘かのように、エレーニから上がってきた政務を次々と片付けていった。

「つ、次。サラミス男爵の追加予算の申請です」

「サラミス？　確か王都の外壁の修繕をしてる……何度目なのこれ？」

「え？　ええ、えっと……」

エレーニがあわあわと資料をひっくり返して探しものをする。

「エリカの記憶が正しかったら、確かこれで四度目。しかも最初は東側、次が西側、その次が東側に戻って、今度も西側」

エリカは手元の書類を読みながら、形のいい眉をひそめていた。

「……追加予算を否認。デオドロスに調べさせなさい」

「で、デオドロス様？　そそ、それは不正があったってことですか？」

「十中八九、ね」

「わわ、分かりました！」

よどみなく、命令を下していくエリカ。

その話、俺もなんとなく分かる。

補修工事系にたまにあるパターンだ。

二カ所の工事をまず請け負う。

片方をまず普通にこなしてから、もう片方に着手する。

その際、使う資材などは、最初の現場から引っぺがしてくる。

そうして、まず現場一つ分の資材の差額が懐に入る。

そして二つ目の現場が仕上がる頃には、最初の現場が何故かまた修繕が必要になる。

そうして新しい予算を申請しつつ、前の現場から資材を引っぺがしてくる――という。

ある種の錬金術のようなものだ。

このやり方の肝は、小さい現場を複数回していくこと。

為政者にとって、公共施設やら道路やらの補修は、国中で日常茶飯事のように行われている。

ある程度小さい現場なんて、気にも留めないし新しく補修必要と報告が上がってきても何も疑問に感じない。

（ああ、そうか）

エリカはそれに加えて、一人で全て決めてるんだったな。

そうなると一人で処理しなきゃいけないことも増えるから、つけ込まれたんだな。

そのことを思ったが、俺は何も言わなかった。

エリカが適切に処理していることもあるし、俺がここで口を出すと「やっぱりダーリンってすごい！」ってなるのが目に見えている。

くわばらくわばら、余計なことはしないでおこう。

「つ、次。ハグノン様。来年の――」

「それはいいわ。あの男はなんでもかんでもエリカの顔色をうかがってくるだけ。今回も――このタイミングだった収穫祭のことでしょ」

「お、おっしゃる通りです」

「任せる。それだけでいいわ」

「わかりました」

「まったく、なんでもかんでもエリカの意見を聞くだけのダメ男は。あれが婚約者候補だって思うと虫酸（むしず）が走るわ」

へえ、そういうダメ男が嫌いなのか。

そう思いながらも、俺は黙って介入は絶対にしないと決めて、エリカの政務を眺めていた。

何があっても介入はしない、何があってもだ。

ここでダメ男を演じたら逆効果になる。

今までの経験からそれが見えている。

絶対に、やっちゃダメだ。

「次……あっ、これ、エリカ様？」

「なに？」

「薔薇の園の解体……これは？」

「ああ、それはエリカがやらせたものよ。今の薔薇の園は一旦全解体。女の子は全員それなりの金を与えて故郷に帰すわ」

「ど、どうしてですか？」

驚くエレーニ、俺も同じように驚いていた。

えっ？　って口に出すのを既のところで止めたくらい、びっくりした。

「だって、今の薔薇の園って、エリカの趣味で選んだ子たちだもん」

エリカの口調が砕けた、ちらっとこっちを見てきた。

「一旦まっさらにして、ダーリンの好みの子を集める。当たり前のことでしょ」

「な、なるほど。分かりました」

「分かりました、なのかよ！」

決意が瓦解した。

彼女の政務には関わらないという決意が、自分が関わっているということで、いともあっさり崩れさった。

「当たり前だよダーリン。見ててダーリン、エリカ、ちゃんとダーリンの好きな子を集めるから」

「いやいや、それは――」

「カランバにいる『オルティア』はもう、全員スカウトに走らせてるからね」

「――…………いやいやいや」

「すごい間があったです……」

か細い声で、小さく突っ込むエレーニ。

俺自身、これには突っ込まなきゃと思ってしまう反応だった。

カランバにいるオルティアたちっていうと、写真集でしか見たことのないあの子たちも来るってことだよな。

それは……心が揺れる。

「……いやいや。そもそも、オルティアを女王のハーレムにいれていいのか？　ハーレムと娼婦って相性悪いんじゃないのか？」

「跡継ぎとかの話？　そんなの、ハーレムにいれてから一年待てばいいだけじゃない」

「……なるほど」

思わず、頷いてしまう俺だった。

王のハーレムは、血統の純粋さを守るため、普通は男を知らない処女が集められる。

そういう意味では娼婦なんてもってのほかだ。

だけど、そんなこともハーレムで一年間隔離すれば良いだけのことだ。

だからそれを聞いて、思わず納得してしまった。

「うふふ、やっぱりダーリンはオルティアが好きなんだ」

「いやまあ、うん」

「あのオルティアさん、紹介したげよっか」

「あのって、あの!?」

「うん」

「是非お願いします!!」

俺はエリカにつかみかかった。

彼女の小さな手をつかんで迫った。

大賢者オルティア。

大賢者という称号の通り、世界中のあらゆる知識を持っていると言われている。

それだけではなく、絶世の美女としても知られて、娼婦たちの「オルティアブーム」の大本となった人でもある。

そんな人に会えるなんて……夢のようだ。

「エリカでもちょっとむずかしいから……あっでも、絶対になんとかするから、待っててねダーリン」

「うんいくらでも待つ」

オリジナル・オルティアに会えるなんて、待てば良いだけならいくらでも待つさ。

俺はワクワクした。

ワクワクしすぎて何かを忘れているような、そんな気がした。

それを思い出す間もなく、ノックの音がして、ミミスが入ってきた。

ミミスはちらっとエリカたちを見て。

「ここにいらっしゃいましたかご当主。女遊びをうるさく言いませんが、町娘より後腐れのない娼婦などにしていただきたい」

「え？　ああ、うん」

そういえばエリカたち変装の魔法してたっけな。

「それより、なんか用なのか？」

「はい、こちらです」

ミミスが俺に近づき、書類を手渡してきた。

「これは？」

「商人からの直訴状です。ご当主様に処理していただきたい案件でございます」

「直訴かあ……ああ」

俺はポン、と手を叩いた。

何か忘れている、と思っていたのを思い出した。

ダメ男が嫌いだったんだっけ。

それを思い出した俺は、直訴状をエリカに渡した。

ミミスから渡されたものを、素通りでエリカに渡した。

「ダーリン？」

「これどう思う？　エリカだったらどうする？」

「エリカだったら？」

「ああ。言ってみろ、その通りにするから」

「なっ、ご当主!?」

驚くミミス、それを無視する。

一方で、エリカも驚きを見せるが、直訴状を持って、プルプルとふるえる。

感激していた。

「嬉しい！」

「え？」

「さすがダーリン！　こんな大事なことをエリカに任せてくれるなんて」

「え？　え？　え？」

どういうこと？　なんでこういう反応になるの？

俺……またなんかやっちゃった？

「あっ……」

冷静になった頭が、それに気づく。

俺が忘れていたのは、そのことじゃない。

何があっても、エリカの政務に口出しをしないってことだ。

なのに、オルティアを紹介されるという喜びに頭をやられて、政務に口出し――どころか、彼女にこっちの政務を投げてしまった。

「ダーリン、器（うつわ）すっごくおっきくて素敵！」

「おっふ……」

我に返った俺は、その場で崩れ落ちるのだった……。

103 紛争地域へ

「はあ……疲れた……」

湯気が立ちこめる大浴場に、俺は一人で湯船に浸かっていた。

色々あって精神的に疲れた、その疲れを癒やすために、鼻先が「ぷくぷく」と空気を出すくらい、頭の半分まで湯船に浸かっていた。

今日一日で、ものすごく疲れた。

理由は——エリカだ。

彼女のストレートで飾らない好意は——嬉しいのは嬉しいけど、ストレートすぎて気圧されてしまう。

綺麗だし可愛いし、有能だし、好意は本物だしで、普通に考えれば疲れる理由なんてないはずなんだけど……。

ああ、なるほど。

年寄りがいい肉を食べすぎると胃もたれするって言ってるのと同じことなんだな。

なんとなく、その気持ちが分かってきたような気がする。

好意もそうだけど、彼女と一緒にいると、色々とやらかしてしまう。

やらかす度にエリカの好感度が上がって、まわりが俺を「すげえ」って目で見てしまう。

あまり目立ちたくない俺としては、ちょっとつらい流れだ。

そんなこんなで、たまっていた疲れを流していたのだが。

「ダーリン――きゃっ」

ガラガラガラ、と引き戸の音を立てて、エリカが大浴場に入ってきた。

入ってくるなり、エリカは手で顔を覆って、わざとらしい悲鳴を上げた。

「ちょっ！　なんで入ってくるんだ？」

「もう、ダーリンのえっち。こんなところで裸になってるなんて」

「こんなところってここ風呂場だよ!?　というかエリカこそなんで裸なんだよ！」

悲鳴を上げたいのはこっちの方だった。

肩まで完全に湯船に浸かっている俺と、タオルすら巻いてなくて完全に裸のエリカ。

「ダーリンってば変なの。ここはお風呂だよ？　裸になるのは当たり前じゃない」

「その台詞をついさっきまでのお前にそっくりそのまま返すよ!?」

声が裏返ってしまうほどのツッコミをしてしまう。

よく見たら、エリカの背中に隠れるようにして、エレーニがいた。

真っ裸なのに堂々として何も隠していないエリカとは対照的に、エレーニも裸だが両手で胸と股の大事なところを隠している。

それを見て、対照的にほっとする俺だった。

そうそう、普通はこうだよな——って思っていたところに。

「むぅ……ダーリン！」

「え？　な、なんだ？」

呼ばれて、ハッとして振り向くと、エリカが何故かふくれっ面をしているのが見えた。

「エレーニが欲しいならダーリンにあげるけど、今はエリカの方を見て」

「いやいやいや、そういうことじゃなくて」

どうやら、俺がエレーニを気に入ったと勘違いされてしまったみたいだ。

「だってぇ……この子を見る時のダーリンの顔、すっごい笑顔だったし……」

「ほっとしたんだよ！　っていうかいい加減前隠してくれ」

「どうして？」

「どうしてって、見られるのはずかしいだろ普通」

「あ、あの……」

エリカの後ろから、エレーニがおずおずと発言した。

「え、エリカ様はお生まれになった時からエリカ様だったから、お風呂で隠す、ということはなさったことがないんです」

「ああ……いやいやいや！」

一瞬納得しかけたが、すぐに否定する俺。

たしかに、女王――王女クラスの貴人だと、着替えや入浴は生まれてからずっと使用人任せ、裸になってしかるべきの風呂場で、他人に対して羞恥心を抱かないのは理屈としては通っている。

「今は俺がいるんだぞ」

「大丈夫！　ダーリンはダーリンだから。エリカの全部ダーリンのものだから、隠すところなんてないの」

「えー……」

そこまではっきり言い切られてしまうとこっちの方が間違っているって錯覚に陥ってくる。

「それよりダーリン。エリカが背中を流したげる」

「へ？　いやいいよ」

「したいの！　ねっ、お願い」

エリカはうるうると、湯船の俺にむけて上目遣いで見つめてきた。

俺は「うっ」ってなった。

まだエリカに慣れていないせいで、こういう「おねだり」には弱い。

どうする？　逃げ出すか？

このまま風呂水をゼリーみたいに固めれば、入り口を塞いでる状態のエリカのところを通らなくても、背後の窓から出られる。

「……だめだ」

そう、これは勘だ。

今までの勘が働いた。

力を使って、水を体のまわりに固めたまま脱出するってのはきっと出来るが、こういう時力を使うと絶対に事態が悪い方に転がる。

それをするくらいなら……まだ、素直に背中を流してもらった方がいいかもしれない。

「……はあ、わかった」

俺は諦めて、湯船の中で立ち上がった。

ザバーン、と水音とともに立ち上がった俺に——

「きゃっ！」

エリカは再び悲鳴を上げた。

さっきより小さめの悲鳴、しかし本気度の高い悲鳴。

「な、なんだ？」

「お、おっきい……」

「へ？」

「エレーニ！　こ、こんなに大きいものなの男の人のあれって!?」

初めてなんじゃないだろうか。

出会ってから初めて、エリカが動揺しているのを見るのは。

彼女は振り向き、慌てた様子でエレーニに聞いた。

「……」

「エレーニ？」

「………………きゅう」

なんと、エレーニは気絶してしまった。

床に倒れて、目をぐるぐる回している。

エリカ以上にパニックになって、それがあっさり限界を超えたみたいだ。

「エレーニを……す、すごい……」

「そこですごいはやめて！」

☆

風呂椅子に座って、エリカに背中を流させていた。

あの後、俺は全力で前を隠した。

もう勘なんて気にしてる余裕がなくて、風呂場にある湯気を集めて、雲——わたあめにするかのように、それで股間を隠した。

そうしてエリカを落ち着かせて、エレーニを起こして、背中を流させた。

「これでいいの？　エレーニ」

「は、はい。でも殿方はもう少し強くした方が喜ぶとか。わわ、私たちより体のつくりが丈夫ですから」

「そうなのダーリン!?」

「うん？　まあ……そうだな。もうちょっと強めだといいかもしれない」

純粋な背中を流す力加減の話で、俺は普通に答えた。

意外にも、エリカは真面目に背中を流してくれていた。

手つきは拙いものの、その都度その都度エレーニにアドバイスを求めて、（多分）初めてなりに一生懸命俺の背中を流していた。

その姿がすごく健気で、可愛らしく見えた。

「……いかん」

「どうしたのダーリン、エリカなにか間違えた？」

慌てるエリカ、俺も慌てた。

「いやなんでもない、こっちのことだ」

「ほんとう?」

「ああ、このままやっててくれ」

「……うん! わかった」

笑顔で背中をゴシゴシするエリカ。

一方で、俺は昂(たかぶ)りを落ち着かせていた。

気を抜けばわたあめを貫通しかねない状況になっていた。

気を逸(そ)らすために、俺は話題をまったく関係ない方向に変えた。

「そういえばエリカ、ずっとここにいていいのか?」

「……」

「エリカ?」

「……ダーリン。ダーリンは……エリカに会いに来てくれる?」

一生懸命流す手つきは変わらないが、エリカの言葉のトーンが明らかに下がった。

「エリカ、もうちょっとしたらカランバに帰らなきゃいけないの。あっ、もちろんまた来るよ? でも、エリカは女王だから、いつも来る訳にはいかないの」

「……」

俺はちょっと驚いた。

俺が知っているエリカ、今まで見てきたエリカだったら、「ダーリンのために女王なんて辞める」とか、言い出しかねない感じだった。

それが、こんな真面目に返されるとは。

結果的にわたあめの中は落ち着いたが、ちょっと違う感情が芽生えそうになった。

背中を流しているのも、女王としての自覚も。

エリカは、俺が思っているよりもずっと真面目な子なのかもしれない。

なら――

「そうだ、良いことを思いついた」

「え？」

俺の後ろでポン、と手を叩く音が聞こえた。

「いいことって？」

「エリカがここを攻め落とせば良いんだ」

「なにいってんの⁉」

声が盛大に裏返った。

「ここを落として、離宮にしてしまえばいいんだ。うん、それがいいそうしよう」

「そうしようじゃない！　そんなことで戦争をするな！」

「だって……」

「だってじゃない。というか、ここにそんなことをしたら、カオリが黙ってないぞ」

「うーん、魔王か……ちょっとやっかいかも……」

「真剣に考え込むな！」

またまた大声を出して突っ込んだ。

エリカが本気で考えているように見えたからだ。

このまま放っておけば本気で──そうならないために話を逸らさなきゃ。

「そんなことで戦争しかけるのはやめろって。そんなことになったら、俺は国王の命令でエリカと戦わないといけなくなるぞ」

「ダーリンと？　それは困っちゃう……」

「だろ？　だから、な」

「わかった」

俺はほっとした。

どうやら、ちゃんと止められたみたいだ。

「はあ……女王の発想は怖いな。土地の話なんて、普通の人だったら買うとか借りるとかってレベルなのに」

「……借りる？」

「へ？」

エリカの手が再び止まった。

どうしたんだろうって肩ごしにちらっと見ると。

「そっか、借りればいいんだ。ありがとうダーリン！　ダーリンすごい！」

「……何を言ってるの？」

「ダーリンの領地ごと、アイギナからレンタルするの」

「いやいや、そんなこと出来るはずが――」

「か、かか可能です。アイギナはかつて、土地をホメーロスという商人に長く貸し出していたことがあります」

「へ？」

「前例があればいける！　来なさいエレーニ、その辺のことを調べるわよ」

「は、はい！」

エリカは俺を置いて、エレーニを連れて大浴場から出ていった。

俺……なんか余計なこと言っちゃった？

104 二国同盟

「甥っ子ちゃーん、あーそーぶーのーだー」

声が届く前からものすごいプレッシャーが迫ってきて、庭でくつろいでいた俺はパッと剣を抜いて受け止めた。

黒い剣と、カオリの細い腕がぶつかり合って、大地が揺れ空が割れるほどの衝撃波をまきちらした。

そのままつばぜり合いをする――が。

カオリは黒い剣を見て驚いた。

「甥っ子ちゃんそれはなんなのだ?」

「え?　ああ……これか」

疑問を呈しててもまったく手は抜いていない。

少しでも気を抜けば俺ごと屋敷を消し飛ばすほどの力と競り合いながら、答える。

「この前ちょっと。えっと、先祖の魂?　からもらった」

「あの人からなのだ？　なるほどなのだ」

「知ってるのか？」

「お父様が認めた、『人類最強の女』なのだ」

「すごいな初代！」

そんな風に言われてたのか。

つばぜり合いでカオリを一旦押し戻す、するとゴム紐のついたボールのように、勢いが伸びきってから、カオリはそれ以上の速度でまた飛んできた。

ガキーン、ガキーン、と、何度も何度もぶつかり合いながら、俺はちょっとため息をついた。

「しかし、人類最強の女って言いすぎだろ。普通に考えてそれはカオリの母親なんじゃないのか？　魔王だし」

「魔王は人類じゃないのだ」

「そういうことかよ！　ってすごいなあ‼」

人類最強の意味と、その本気さを理解して、ますます大声で突っ込んだ。

カオリの母親、先代魔王も含めた最強とかだったら「はいはいそうだね」ってレベルの感想だったけど、魔王は人類じゃない、それを除外した人類最強という話なら、重みが一気に増してくる。

本当に、「人類」の「女」で最強だってことか。

これまでも色々初代の武勇伝を聞いてきたけど、今のが一番すごいって思った。

「それよりも、この剣のことを知ってるみたいだけど」

「うん、お姉様にそっくりなのだ。もちろん違うのだ、お姉様はお父様にしか使えないのだ」

「待て待て待て、話が分からない」

こめかみを押さえたいほどの衝動に駆られる中、カオリの細腕と切り結ぶ。

放ってきた黒炎の弾を切り払う。

「お姉さんにそっくりってどういうことだ？」

「お姉様は魔剣なのだ」

「どういう姉妹なの!?」

いやまあ……そんなにおかしくもないのか。

姉：魔剣
妹：魔王
……うーん、まあ、あり……なのかな。

「とんでもない姉妹だな」

「甥っ子ちゃんの御先祖の子供も兄弟なのだ。同じ血を受け継いでるのだ」

「うーわー……なんかコメントしづらい」

一通りバトって、半径二十メートルを軽く焦土にしたあと、カオリは満足げに矛(ほこ)を収めてくれた。

「ありがとうなのだ。やっぱり甥っ子ちゃんと戦うのは気持ちいいのだ」

「それはもう諦めたけど、今度からはやるとき先に言ってからにしてくれ」

「いったのだ。甥っ子ちゃん遊ぶのだっていったのだ」

「せめて一発目音速を超えないで!?」

　確かにカオリはそれを言った。

　しかし自分の声を追い抜くほどの超速度で襲撃してきたから意味がなかった。

「甥っ子ちゃん困る?」

「困る」

「甥っ子ちゃんを困らせるのはよくないのだ」

「ああ、だから」

「だが断るのだ」

「希望を持たせる言い回しはやめて!?」

　盛大に突っ込んだ俺。

　このツッコミも意味ないんだろうな、と思いつつ、諦めることにした。

　今の戦いで焦土にした庭は、カオリが呼び出した下僕たちによって、あっという間に修復された。

魔王の下僕、１０００番台まで番号が振り分けられている者たち。

今のところ五人くらい？　としか会っていないが、どれもこれもその道のエキスパートたちだ。

向こう十年は不毛の大地になるであろう戦いの跡も、瞬く間に修復されていった。

「にしても魔剣でお姉様とか、子供の頃修業をつけてくれたあの子のことを思い出す――」

「ダーリン!!!」

「うおっ！」

後ろから、タックル気味で腰に抱きつかれた。

カオリと違ってか弱いから察知しにくいそれに抱きつかれて、俺は前のめりで倒れてしまった。

そのまま、カオリを地面に押し倒してしまう。

「甥っ子ちゃん、大胆なのだ……」

「いやいや違うだろ見えてるだろ？」

「私は……構わないのだ……」

「目を閉じるな唇をすぼめるな！」

突っ込みつつ立ち上がる。

腰にしがみついたエリカごと立ち上がった。

「しないのだ？　甥っ子ちゃんはシャイなのだ」

「いやいやいや……っていうか、どうしたんだエリカ」

カオリのそれは一旦スルーした方がいいだろうと思い、俺はエリカに水を向けた。

彼女をそっと引き剝がして、距離を取って向き合う。

「聞いてダーリン、アイギナ王にダーリンの領地をレンタルしたいって親書を送ったら断られたのだ」

「当たり前だろそれ……っていうか本当に打診したのかよ」

「当然だよ！　エリカ、ダーリンのことならなんでもできるんだから」

「なんでも出来るとか言わない方がいい、それに食いつくヤバイ連中が――」

「金山三つを交換条件に出したけど、鼻で笑われたのよ！」

「本当になんでもしかねない勢いだった!?」

声が上ずって、思いっきり突っ込んでしまう。

金山三つって……。

カノー家の領地、大きく金になるのは元トリカラ鋼がとれて今は銀鉱石がメインの銀鉱山一つだ。

それの対価に金山三つなんて正気を疑われない提案だ。

だが、国王陛下はそういう意味で鼻で笑ったんじゃないのは、さすがに俺は知ってる。

俺は剣の師匠(ししょう)であり、王立義賊団(ぎぞくだん)の団長でもある。

多分鼻で笑ったのは「安すぎる」って意味なんだろうなあ……。

「うー、エリカ悔(くや)しい。ダメかもって思ってたけど、ここまでダメだと悔しいよ」

「悔しいのは分かったから、その話はもうやめないか？」

「やめない、エリカ、ダーリンと一緒にいるためならなんでもしちゃう」

「だからなんでもはやめてってば……」

さっきと違って、今度は俺がそれに反応してしまう。

交渉で初手から金山三つを出したエリカなら、本当にそれ以上の条件を出してくる可能性が非常に高い。

この辺で止めておかないと、話がさらにややっこしくなる。

「甥っ子ちゃん、なんの話をしているのだ？」

俺とエリカの会話に、カオリが割り込んできた。

「魔王？　どうしてここにいるのよ」

初めてカオリに気づいた様子で、ちょっと不機嫌な感じで問い質(ただ)すエリカ。

「甥っ子ちゃんと遊びにきたのだ。そっちこそなんなのだ？」

「ダーリンに会いにきたの。ダーリン、エリカを慰めて」

エリカはそう言って、俺に抱きついて、胸の辺りに顔をすりすりさせて甘えてきた。

「それはズルイのだ、私もするのだ」

「ちょっと魔王は離れなさいよ。ダーリンはエリカのものなんだから」

俺を挟んで、軽めにいがみ合う二人。

俺は割と適当に宥(なだ)めた。

というのも、カオリのことを結構分かってきたからだ。

カオリは、前魔王である母親の言いつけを守っている。

力が同じレベルじゃない人間には何があっても手を出さない。

エリカは賢女王の資質をもった聡(さと)い女の子だが、身体面はか弱い普通の女の子だ。

だから、カオリとエリカのそれは口ゲンカ以上のものに悪化することは絶対にない。

俺はそれを確信していたから、最低限宥めるだけにして、二人の好きなようにさせた。

「もうそろそろ諦めたほうがいいんじゃないのか？　ここをレンタルしようとするとカオリが黙ってないぞ」

「黙ってない？」

「レンタル？」

俺はざっくりと、エリカが俺に会いたいために、ここをアイギナからレンタルしようとしていることをカオリに説明した。

カオリはこの程度のことをなんとも思わない。

今でも、アイギナ領なのに普通に飛んできて普通にバトっている。

だから話しても大丈夫だと思った。

「へー、人間の考えることはよく分からないのだ」

想像通り、カオリの反応は薄かった。

「……」

「エリカ？」

一方で、エリカの反応は予想してたものと違っていた。

彼女はカオリを見て、俺を見て、まわりで急速に庭を修復している下僕たちを見る。

「もしかして、ダーリンと魔王、また戦った？」

「ああ。前と同じな」

エリカと出会った日と同じ流れの襲撃だったから、俺はふつうに認めた。

「そっか……あっ」

エリカは何か思いついた様子だ。

ピコーンっていう効果音が聞こえてくるくらいのひらめき。

俺は……なんでか分からないけど、ものすごく悪い予感がした。

「ねえ魔王、ちょっと相談があるんだけど」

「なんなのだ姪っ子二号」

「エリカと一緒に、ダーリンの領地を攻めない？」

「はいぃぃぃぃ!?」

あまりにも予想外すぎた話に、声が盛大に裏返ってしまった。

「甥っ子ちゃんを攻める？」

「そっ、ここを攻め落として――そうね、カランバとコモトリアで共同で管理するの」

「……つまり？」

「ダーリンと本気で戦って良いよってこと。エリカがまわりの邪魔を全部とっぱらうから」

「のったのだ」

「のらないで!?」

「じゃあ詳しい話をしよ？　どこか人気のないところにいこ？」

「わかったのだ」

カオリはエリカを連れて、音速を超えた飛行でどこかに飛んでいった。

止める間もなく、一瞬でいなくなってしまった。

「……なんで？」

手を伸ばして、空をつかんでしまった俺は、下僕たちの修復する庭で呆けてしまう。

数日後、数百年ぶりにコモトリアと他の国が同盟を組んだというニュースが、目的は俺ヘルメス・カノーであるという事実と一緒に、世界中に激震を走らせたのだった。

105 異次元でご休憩

「ヘルメスちゃん、一生のお願い！」

「……」

召喚中、部屋に入るなり、目の前で俺を拝み倒すオルティア。

そんなオルティアを、俺は優しい目で見つめた。

「オルティア」

「え？　なに、どうしたの、ヘルメスちゃん。そんなお父さんみたいな顔をして」

「いつまでも変わらない君でいて」

「いきなり何を言ってるのかわからないよ!?」

おっといかんいかん、最近の展開にすっかり心が荒みきって、オルティアの「一生のお願い」にものすごく安らぎを感じてしまった。

「……」

「ん？　どうした俺をじっと見つめて」

オルティアは穏やかに微笑みながら、ゆっくりと首を振った。

「んーん、なんでもない」

「変なの。それより、今回の一生のお願いはなんだ？」

「そうだったそうだった。ねえねえヘルメスちゃん――いたたたたた」

俺はオルティアをそっと引き寄せて、彼女のこめかみに両手でグリグリした。

「痛い痛い！　どうして？」

「今回の一生のお願いに突っ込めよ、それかもうちょっと申し訳ない顔しなよ」

俺はそう言いながら、彼女にグリグリするのをやめた。

「えー、だってもう今更じゃん？」

「お前確信犯かよ」

「あはは、それよりも、お願いいいーい？」

「ああ」

俺は小さく頷いた。

「あのね、あたし最近、ちょっとオーバーワーク気味なのね」

「オーバーワーク？」

「働きすぎってこと」

「いやそれは分かるけど――」

改めてオルティアを見る。

彼女が言う「働きすぎ」な娼婦を何人か見てきたけど、今のオルティアはまったくそんな風には見えない。

いやまあ……そう見えないだけなのかもしれないか。

「それで？」

「働きすぎでつかれてるんだ、ヘルメスちゃん、誰もいなくてゆっくり休めるところにつれてって――あいたたたた」

もう一度、彼女のこめかみをグリグリした。

「ひぃーん、今度はなによ」

「あのな……俺、客。お前今仕事中」

「うん」

「どこの世界に、客に向かって『働かないようですむところにつれてって』っていう娼婦がいるんだよ。それじゃまるで――」

言いかけて、俺はハッとする。

「お前……身請けしろってことなのか？」

「へ？」

真顔で聞く俺に対して、オルティアはキョトンと、虚を衝かれたような顔になった。

そんなことを聞かれるとはまったく思ってもいなかった、って顔だ。

そして、反応もそうだった。

「あはははは、ちがうちがう。そんなんじゃないよ」

オルティアは声を上げて、ゲラゲラと笑った。

「違うのか？」

「あたし、娼婦って仕事に誇りを持ってるの。あたしを必要としてくれるお客さんがいる限りやめる気はまったくないから」

「そう……だったな」

今までの彼女との付き合いのエピソードを思い出した。

何かある度に、彼女が口にする「娼婦の誇り」。

娼婦以外のことで報酬はもらわないし、それをやめるとも思っていない。

このことに関しては、彼女はずっと昔から——出会った時からずっと、一貫している。

「悪かった、変なことを聞いちゃって」

「ううん。それよりお願いのほう、いいかな」

「ああ、続けてくれ」

何度も中断された今度の「一生のお願い」を再開するオルティア。

「疲れたから、誰にも邪魔されないでゴロゴロ出来るところにつれてってよヘルメスちゃん。

ヘルメスちゃんはそういうの、詳しいんでしょ」

「ふむ」

そういうことならば、何も問題はなかった。

オルティアが言う「そういうのに詳しい」というのも、まさにその通りだった。

「そうだな……今だとカオリの邪魔も入るかも知れないから、あれがいいな」

「え？　なんていった？」

「いやなんでもない」

最後らへんのつぶやきが聞き取れなかった様子のオルティアに首を振ってから、彼女に言う。

「じゃあ俺につかまれ、移動するぞ」

「うん」

オルティアはそっとしなだれかかってきた。

男のプライドをほどよくくすぐるような、娼婦特有の甘えた仕草。

そんなオルティアの腰に手を回して――部屋から飛び出した。

窓から、文字通り「飛び出した」。

飛行魔法でまずは急上昇、ピンドスの街が地図くらいに見えるほどの上空まで上昇してから、まわりをぐるっと見回して、ほどよい開けた場所を探す。

かなりの高度からだからそれはすぐに見つかった。

今度は斜め下の角度で、目的の草原に向かって飛んでいく。

鳥と同じで、まずは急降下。その後地面に近くなってきたところで減速して、最後に地面でひと浮きして、それから着地する。

「ここ？」

「いや、もうちょっと待ってくれ」

「うん」

オルティアをそっと放して、俺は数歩、前に進み出た。

そのまま腰の剣に手をかける。

「久しぶりだから……上手（うま）くいくかな」

アレは疲れるから、どうか一発で成功してくれよと、そう願いながら、俺は剣を抜き放ち虚空を斬（き）った。

音はなかった。

風圧もなかった。

刃が通ったという事実すらもなかった。

それは——成功だった。

振り抜いた切っ先は、空中に何かの亀裂のようなものを作り出した。

「な、なにそれ」

「次元の亀裂——って、教えてくれた人が呼んでた」

「じげんのきれつ？」

「行くぞ」

きょとんとしていたオルティアの手を引いて、一緒に亀裂の向こうに入った。

「うわー、なんかふしぎー」

亀裂の中は暗かった。

暗いが、暗くはないという、不思議な暗さだった。

まわりは漆黒（しっこく）とか暗闇とか、そう表現するべき暗さなのに、中で二メートルくらいの距離が離れた俺とオルティアは、なぜかお互いのことがはっきりと見えていた。

それに不思議がっているオルティアを置いて、俺は亀裂を閉じた。

「あっ、ここが誰も来られないところ？」

「そうだ。多分な」

「多分？」

「俺にこれを教えてくれた——師匠（ししょう）、っていうのかな。その人なら入れる。だけど多分大丈夫」

あの黒い服の子とは、十年以上も会ってないからな。

「へえー……うん、わかった」

話を聞いて、感嘆していたオルティアだったけど、さっと表情を変えた。

「つまり、ここで好きなだけごろごろしてていいんだよね」

「そういうことだ」

「やったー。ありがとうヘルメスちゃん！」

オルティアは俺に抱きついてきた。

豊かな胸が腕に当たって——悪い気はしなかった。

「そうと決まったら——こっち来てヘルメスちゃん」

「うん？」

まだ何かしてもらいたいのかな？　と思って手を引かれるままついていくと、オルティアはその場に座って、俺を寝かせた。

彼女の膝の上に、俺の頭をのっけってくれた。

「膝枕？」

「うん」

「お前、休みたかったんじゃないのか？」

「こらこら起きない」

起きようとする俺を、押しとどめて膝枕の姿勢を保つオルティア。

「いや……」

「あたし、プロだから」

「うん？」

「こうして男とふれあってた方が休まるの」

「いやだったら仕事してても——んぐ」

オルティアが人差し指を唇に押し当ててきた。

「いいの」

「……そうか」

もしかして、オルティアは俺のために……？

いや、考えるのはよそう。

それ考えたら顔に出そうだ。

気づかないまま、このまま彼女の言う通りにしとくのが、ベストな選択なのかもしれない。

俺は何もせず、オルティアの膝の上でくつろいだ。

オルティアはそれ以上何もしなかった。

俺の頭を撫でて、髪を手で梳いて、たまに子守歌のような歌を歌った。

何もしないで——とにかく何もしなかった。

それがありがたくて、俺はいつの間にか寝入ってしまった。

久しぶりに、休まる一時だった。

☆

翌日。

「ありがとうヘルメスちゃん」

「ちゃんと休めたか？」

俺がそう聞くと、オルティアは「うん！」と満面の笑顔で頷いた。

これでいっか――と改めて思いながら、俺は剣の柄（つか）に手をかけて、昨日と同じように、虚空を斬って次元の亀裂を作り出した。

「えっ!?」

「どうしたのヘルメスちゃん」

「この魔力――まさか！」

俺は慌てて外に飛び出した、オルティアはちょっと遅れてついてきた。

「あっ！　甥（おい）っ子（こ）ちゃんなのだ」

「ダーリンだ！」

外は、元々の草原にはとんでもない光景が広がっていた。

まずカオリが一人で、空を丸ごと覆（おお）い尽くすほどの巨大な魔法陣を広げていた。

次にエリカが、数百人はいようかという魔道士？　を引き連れて、集団詠唱で大地に広がる魔法陣を広げていた。

そして、草原は草原じゃなくなっていた。

あっちこっちに爆発の跡があり、黒い煙がくすぶっている。

「何をしてるんだお前らは」

「甥っ子ちゃん大丈夫なのだ？　誘拐じゃないのだ？」

「えーん、エリカ心配したんだからねダーリン」

「……どゆこと？」

キョトンとなる俺、その俺に、カオリが説明する。

「昨日おかしな波動を感じたのだ。それでここにくると、甥っ子ちゃんの魔力があり得ない感じで途切れてたのだ」

「……あっ」

なんとなく、昔見た話で、殺人現場で犯人の足跡が途中で綺麗に消えてる、そんなシーンとトリックを思い出した。

「魔王がいうにはね、次元の壁が開いちゃって、ダーリンが呑み込まれたかもしれないって。それで助けようって思って」

「……それでこの大騒ぎか」

俺はまわりを見回した。

魔王であるカオリに、エリカの……多分カランバの精鋭の魔道士が数百人。

それらが力を合わせて俺を助けようとしていた。

「わるい、自分から入ったんだ」

「そうなのだ⁉」

「自分から？」

驚くカオリとエリカ。

……あっ。

俺ははっとした、これ、言っちゃいけなかったやつだ。

「そんなのあり得ないのだ。でも、甥っ子ちゃんが自分から普通に出てきたのだ」

「魔王やエリカたちが一晩かけても開けなかった次元の壁を……ダーリンやっぱりすごい！」

「すごいのだ！　お父様とお姉様以外それができる人はじめて見たのだ」

カオリとエリカ、同盟を結成した二人が、俺に迫って目を輝かせていた。

うっかりまた、やらかしてしまったらしい。

106 女王のスパムメール

「陛下の代行である、ヘルメス・カノー、包み隠さず正直に答えよ」

「はっ」

屋敷の広間、俺はやってきたリナの前で跪(ひざまず)いていた。

リナは監察官の服装をしていて、その背後には何人もの貴族の服飾を纏(まと)った、おそらくは目付役の人間がくっついている。

これが正式の場で、リナの口調はいつになく真剣だった。

「カランバの女王と魔王が手を組み、カノー領のみを攻撃すると伝達がきた。何が起きたのか答えよ」

「陛下に申し上げます」

俺は跪き、頭を下げたまま答えた。

今のリナは国王陛下の代行だ。

つまり目の前にいる彼女は国王も同然で、ちゃんと応対をしなければならない。

ちなみに、広間の中には、リナと一緒に来た者たちや、こっち側の人間、ミミスら家臣団もいるが、リナが国王代行として俺に質問している間は、他の誰も口を挟んではいけない、それをやってしまうと不敬罪になってしまう。

だからか、全員が真剣な顔で俺の答えを聞いていた。

「カランバ女王とひょんなことから親交ができました。先だっての魔王と、似たようないきさつでございます。私を手に入れたいという一点で、カランバ女王と魔王は意気投合してしまい、手を結んだのだと思われます」

「魔王に接触したのはどっちからだ」

「どっちからでもなく、魔王がカノー領に進入したときに遭遇し、その場で意気投合しました」

俺の答えに、リナは微かに頷いた。

「各々方、今の話を聞かれたか」

「ええ、まあ、あの魔王らしいというか」

「カランバ殿下もですな。目的のためには手段を選ばない。即位したときと一緒です」

目付役の貴族たちは納得したようだ。

今ので納得していいのか、と思ったのだが。

「魔王が絡んでいる以上、そっとしておくほかありますまい」

「そうですな、幸い、あの魔王は他の人間に手を出しませぬ。それはここ数百年破られてこなかった絶対的な取り決め」

「此度も、カノー卿になんとかしていただくよう、陛下に進言しようではありませんか」

「「異議なし」」

俺とリナの言い方もそうだが、目付役の貴族たちも、なんだか芝居がかった言い方だった。

それで話がまとまって、貴族たちが広間から退出した。

カノー家よりも格式の高い貴族がごろごろいたから、ミミスは慌てて追いかけて外に出て、メイドたちを指揮して接待をさせた。

そうして、部屋の中には俺とリナの二人だけが残った。

俺は「ふぅ」と立ち上がって、膝を軽く払った。

「お疲れ様です、師匠」

リナは口調を変えて、ねぎらってきた。

「ありがとう」

「それで、ここからが陛下からの伝言です」

伝言。

さっきの代行としての言葉じゃなく、同じ弟子同士の伝言、というニュアンスでリナが続けた。

「魔王のことはしょうがない、あれとはいかなる条約も約束事もできない、気ままに生きる世界最強の生物。先生はあまり気になさらず――と」

「ありがとう、助かるよ」

「先生はどう思っていらっしゃるか？　必要ならピンドスに親衛軍を送るが――」

「それはやめてくれ、話が大きくなりすぎる」

俺はリナの言葉を遮るような形で断った。

それに対して、リナはふっと笑った。

「陛下は、先生はきっとそうおっしゃる、とおっしゃってました」

「読まれてるな、ありがたいけど」

そういう伝言なら、国王陛下は納得して、この一件には傍観の立場を取ってくれるだろう。

アイギナ軍が正式に援軍をよこしてくるのが一番怖かった。

エリカとカオリだけなら脳みそを振り絞って秘密裏に話をまとめることは可能だが、アイギナの正規軍が援軍として来てしまうと、それは途端にカランバ・コモトリア対アイギナの「戦争」になってしまう。

それを引き起こしたのは俺だ――と、間違いなく歴史にも名前が残ってしまう。

そんな目立ち方はいやだ。

「しかし師匠、大変でしたね。あのカランバ女王に目をつけられるなんて」

「知っているのか？　彼女のことを」

「有名人ですから」

「まあ、女王だしな」

「そうですが、それだけではありません」

「うん？」

　どういうことだ？　と小首を傾げてリナに聞き返す。

「師匠こそ？　あの方のことをどこまでご存じか？」

「えっと……」

「即位前後の出来事などは？」

「知らないいな、それは」

　リナは「なるほど」と頷いた。

「エリカ・リカ・カランバ。一言でいえばリカマニアです」

「リカマニア？　このリカって、大昔の女王の方のリカか？」

「はい。あまりにもそのリカ一世に心酔しすぎて、王女時代は『聖女王派』なる派閥を作りました」

「へえ、可愛いことをするな」

「その聖女王派として、敵対の派閥全てに踏み絵を強いて、最終的には兄弟姉妹を全て処断して、王位に就きました」

「全然可愛くなかった!!　怖いよ何してんの!?」

「ちなみに、その時の彼女はわずか十二歳」

「何してんの子供!?」

リナの口から聞かされた、エリカの過去はものすごかった。

「彼女を知れば知るほど、行動原理が一貫していることに驚きつつも納得します。全てが崇拝するリカ一世を真似てそれに近づくため、です。そのためには手段を選びません、ありとあらゆることをしてきます」

「なるほどなあ、だからリカマニアか」

確かに、俺と一緒にいたときも、ことあるごとにリカ女王の話をしてたっけ。

薔薇の園とか、その辺の話を嬉々として話してた。

「そのカランバ女王が、これほど一人の男に入れ込むなんて……師匠はすごいです」

「やめてくれ、こっちは困ってるんだ」

「でも、良いのですか？」

「なにが？」

「今こうしているの。師匠はカランバ女王と魔王の同盟に対して何も動いていないようですが」

「ああ、それか」

俺は小さく頷いた。

「何もしない方がいいって思ったんだ。下手にこっちから何かしようとしたら話が大きくなる……これまでの経験で間違いなくそうだ」

「はあ……」

「向こうからきたら粛々と対処する。例えばカオリとは一騎打ちでもすればなんとか誤魔化せる。エリカは……まあその時その時だ。そのほうが、一番被害というか、話を小さく抑えられそうなんだ」

「そうですが……」

俺の答えに、てっきりリナは納得するものだと思っていたが、彼女は渋い……いや、何か思い悩んでいるような、そんな顔をした。

「どうした?」

「いえ、先ほども言いましたけど、カランバ女王は目的のために手段を選ばない女――」

言いかけたリナ、その彼女の前に光が溢れた。

何もない空中が急に光り出して、その後に一通の手紙が、封筒ごと彼女の前でぐるぐると回っていた。

「これは……」

「転送魔法……? この魔力、カオリ!?」

「魔王ですか？」

リナも驚く。

俺は目の前でぐるぐるしている封筒を見つめた。

やっぱりそうだ、カオリの魔力を強く帯びている。

「魔王が師匠に手紙を、ですか？」

「いや、これはリナにだ」

「え？　私に？」

「ああ、そういう魔法だ」

普通の手紙に宛名（あてな）と差出人が書いてるのと同じように、目の前の封筒も、魔力からカオリがリナ宛に送ってきたものなのが分かる。

「なぜ、私に……どうしましょう師匠」

「とりあえず手紙自体に害はない。というか、カオリは人間に害を及ぼすことは出来ない」

「あっ、そうでしたね」

カオリの母親、先代魔王が課したルールのことは結構有名で、リナは俺に言われてすぐにそのことを思い出した。

「では、見てみます」

リナは封筒を手に取って、危険はないと分かってても慎重に開けて、中身を取り出して開いた。

そして、ゆっくりと文面に目を通す。

最後まで読みきったのを待ってから、彼女に聞く。

「どんなんだ?」

「師匠……」

「どうした」

「これは……カランバ女王からのものです」

「へ?」

「おそらく、カランバ女王が魔王にさせたのだと思います」

「はあ……で、内容は?」

「はい、簡単に言うと、審査の結果お前は選ばれた、栄えある薔薇の園にはいり、一緒にダーリンに尽くししなさい——とのことです」

「何やってんだあいつは」

俺は苦笑いした。

薔薇の園、カランバ女王が好きな男に丸ごと献上するための、女王のハーレム。

その女王のハーレムに、エリカはリナを勧誘していた。

カオリの魔力を感じた瞬間、魔王の力をつかって何をされるんだ? って身構えたけど、想像より遙かに慎ましくてちょっと笑えてきた。

「いいのですか？　師匠」

「へ？　なにが？」

「いえ、この手紙ですが……」

　リナは言いにくそうにした。

　どういうことだ？

「文面からしておそらく……基準に達した全世界の女に送られてます」

「……へ？」

「カランバ女王は、全世界に向かって、師匠のハーレムを募ってます」

「なにやってんのおおおお!?」

　声が裏返った、絶叫が響いた。

　事態を大きくさせないためにエリカを野放しにしていたら、世界規模の話に発展してしまっていた。

107 あなた疲れているのよ

執務室の中、俺は正式な文書用の羊皮紙（ようひし）にペンを走らせていた。

貴族としての正式な言葉遣い、正式な書体、そして正式な署名。

それら全てを兼ね備えた、効力のある文書に仕上がった。

最後にそれを一通り頭から尻までチェックして、「よし」とつぶやいた。

そこにコンコン、とドアがノックされた。

「誰だ？」

「私です」

「姉さん？」

ドアが開き、姉さんが現れた。

彼女はニコニコしていて、両手で封筒を持っている。

「見て下さい弟父様（おとーとうさま）」

「その呼び方はやめてくれと何回言えば――」

「これ、もらってしまいました」

「なにそれ？」

「エリカちゃんからのお手紙です、急に目の前に現れました」

「へ？」

ポカーン、って擬音(ぎおん)が聞こえてくるくらい、俺は綺麗(きれい)にポカーンとなった。

姉さんはそんな俺に向かって、封筒を開けて中を取り出し、読み上げた。

聞いたことのある文面だ。

一言一句、リナがもらっていた物と変わらない文面だ。

「どうしましょう弟父様、私弟父様のお嫁さんにされてしまいますわ」

読み終えた後、姉さんは演劇口調でそう言った。

ついでにニヤニヤしている。

俺は立ち上がって、姉さんに向かっていき、封筒ごと手紙を取り上げた。

「あら」

「そーい！」

そのまま窓を開けて、大空に向かって投げ捨てる。

それだけじゃ足りなくて、両手を星になりかけてる手紙に向かって交互に突き出して。

「あたたたたた！」

と、魔力弾を連射した。

明らかなオーバーキル、手紙は空中で跡形もなく消し飛んだ。

「おー」

姉さんはそれを見て、ぱちぱちぱち、と小さく手をならした。

「やりますね、ヘルメス。でも、それはいけませんよ」

「この手紙を姉さんが受け取る方がいけないと思う」

「いえ、そうではなく、そのやり方です」

「そーい？」

「いえ、あたたたの方」

「へ？」

どういうことだ？　と姉さんを見る。

「初代様が御先祖様から聞いた話によると、魔力を無軌道に連射する攻撃は『負けふらぐ』というものらしいです」

「訳が分からない。ふらぐってなんだ？」

「約束された敗北の戦法、とも言うらしいですね」

「わけわからんものをちょくちょく残してるな初代は」

俺ははあ、とため息をついて、再び椅子に戻った。

最後にもう一度書き終えた文面をチェックして、封をしようとする。

「何を書いてたのですかヘルメス」

「これか？　家督を譲る文書だ」

「え？」

「姉さんに家督を譲って俺は旅に出る――」

「そーい！」

姉さんは俺の手からそれをひったくって、豪快なフォームで窓から投げ捨てた。

重量感のある羊皮紙の文章は、あっという間に星になった。

「ああっ、せっかく書いたのに。何をするんだ姉さんは」

「それはこっちの台詞です。ヘルメスこそ何をしているのですか？」

「いやだって、このままじゃ大きな戦いが起きるだろ？　原因は俺で、俺がここにいなければそれは回避出来るだろ？」

「ヘルメス、あなたは疲れているのよ」

「そうかな」

「そんな理由で、国王陛下が認めるはずがないわ」

「うっ……」

多分、間違いなく姉さんの言う通りだろう。

あの国王陛下なら、こんな理由で俺の――隠居を認めるはずがない。

むしろ――。

「ヘルメスを追い出したという理由で、カランバと正式に開戦するかもしれないですね」

「うっ……」

なんか、それは普通に想像出来てしまう光景だった。

普通なら「んな馬鹿な」って一蹴する程度の話だけど、あの国王陛下だ。

本当にそうしてもおかしくない、そう思わせるほどの出来事が、今までの積み重ねがある。

「そうだ、ヘルメス、旅行に行きましょう。例の温泉がいいかもしれません」

「旅行？」

「温泉に浸かって、リフレッシュするのです」

「そんなことで」

「ヘルメス、あなたは疲れているのよ」

姉さんは同じ台詞を二度口にした。

「陛下がそのようなことで家督を譲るのを認めないのは、普段のヘルメスならすぐに分かったはずです。あんな面倒臭いものを書く前に」

「そう……かもしれない」

羊皮紙を使った効力のある文書。

正式な言葉遣いに、正式な書体に、正式な署名。

それはどれも面倒臭かった。

姉さんの言う通り、普段の俺だったらやる前に面倒臭いとか無理だとか思っているはずだ。

「今のヘルメスは判断力が落ちています。ここから少し離れて、温泉とかでリフレッシュするのが良いでしょう」

「だが、俺が今ここを離れて、もしその間に攻め込まれたら？」

「やはりヘルメスは疲れていますね。ヘルメスがいなければ魔王は動けませんよ。なんの脅威にもなりません」

「うっ……たしかに」

カオリは地上最強の生物、本来なら恐れられる存在だ。

しかしカオリには鎖がつけられている、互角以上の相手じゃないと戦っちゃいけないという、前魔王のつけた鎖が。

俺がここからいなくなれば、たしかにカオリは何も出来なくなる。

それを姉さんに指摘されて、思わず呻いてしまった。

「そ、それでもエリカがいる。彼女の目的はここを攻め落とすこと。カオリが動けなくても彼女は動ける」

「それこそ簡単ですよ。立て札一枚ですみます」

「立て札？」

姉さんは無言で微笑み、執務机に近づいてきて、紙の上にさらさらとペンを走らせた。

これを、エリカちゃんの進軍するって予想したルート上に立てておけばいいのです」

「なになに？　『留守を襲ったら嫌いになる』……これでいいのか？」

「「今のエリカちゃんは何より、ヘルメスに嫌われることを怖がるはずです」

「そうなのか？」

「そうなのです。それが乙女心です、お姉さんが保証します」

姉さんはそう言って、胸を張った。

よく分からないが、ものすごい自信だ。

まるで実体験からの言葉のようで、説得力があった。

「だから、これを立てておけば、ヘルメスがいなくても大丈夫ですよ」

「そうか……いや、それでもまずい」

「何がですか？」

「こんなのを立てたら、世界中に俺がエリカに好かれてるって認めたようなもんじゃないか」

「もうあんな手紙が出回ってるのにですか？」

「うっ」

またまた呻いてしまう。

姉さんの言う通りだ、言う通りなのだが。

「それでも、俺の方から認めるのはダメだ。それをやっちゃうと本当に既成事実化してしまう」

「なるほど、それも一理あります」

「だろ？」

「でしたら、エリカちゃんだけに分かるようにすれば良いのですよ」

「……なるほど、立て札に書いてる文字をエリカだけに見れるようにすればいいんだな？」

「え？」

「え？」

なんだ？　今の「え？」は。

俺、何か変なことを言ったか？

姉さんは驚きながら、ちらっと窓の外を見た。

窓の外……何かあるか？

「いえ、なんでもありません。そうですね、その方がいいでしょう」

「よし……だったらエリカがやってたあの変装の魔法。アレをアレンジして――」

俺は新しい紙をとって、ペンを走らせた。

文面を書き上げてから、魔法をかけて、姉さんに見せる。

「どうだ姉さん」

「『姉さんだけが見える』……ですか？」

「その横にも字を書いてる」

「見えませんね」

「よし」

「ちなみに何を書いたのですか？」

「『エリカだけが見える』、だ」

「なるほど」

　変装魔法の応用。

　力の大きさで見えることができるんじゃなくて、その人の力の波長に合わせて、見ることが出来るようにする。

　力の強さだけなら、もしかして破られるかもしれない。

　でも相手を指定する魔法なら他の誰にも見られない。

　俺は立て札を手配した。

　その立て札に、姉さんのアドバイス通りエリカに手紙を書いて、魔法をかけて彼女だけに見えるようにした。

立て札は効果を発揮した。

それを見たエリカが率(ひき)いるカランバ軍は、すぐさまに引き返した。

そして――カノー領の民は俺を称(たた)えてしまった。

なにも書かれていない立て札一枚で、カランバ女王が直率する軍を退けたことが評判になった。

何も分からない民の間で、憶測が憶測を呼んで、あの立て札は一軍を壊滅する何かがしかけられていると噂(うわさ)になった。

後からそれを知った俺は頭を抱えたが、姉さんは一言。

「本当に疲れていたのねヘルメス。普通に手紙を出せばよかったのに」

と、かわいそうな人を見るような目で言ったのだった。

108 天然ジゴロ

「ご主人様、ご来客でございます」

屋敷のリビング、くつろぐ気にはなれなくて、どうにかエリカ・カオリ連合軍をうまくやりすごせないかと悩んでいたところに、メイドが入ってきた。

「客？　今手が離せないところなんだ――」

「先日おいでになった方のお連れでございます」

「――暇になったぞ、うん。ここに通してくれ」

「かしこまりました」

メイドが恭しく一礼して、リビングから出ていった。

危ない危ない、危うく事態を悪化させるところだった。

先日おいでになった方のお連れ……多分エリカの侍女のエレーニだろう。

今このタイミングで、向こうからやってきたエレーニに会わずにいたら、間違いなく事態が悪化するだろうな。

それはもう、コーラを飲んだらゲップが出るくらい当たり前のことだ。

しかし、この「コーラを飲んだらゲップが出るくらい当たり前」ってどういうことなんだ。

そもそもコーラってなんだ？　慣用句として存在してるから子供の頃から当たり前のように使ってるけど、コーラなんて飲み物、一度も見たことないぞ。

うーん、あれかな。

前に遺跡で発掘された、どらやきとかマヨネーズとか、あの辺と語感が似てる。

昔の人が作ってた飲み物かもしれないな。

俺がそんな、慣用句にちょっと疑問を持っている間に、うちのメイドに案内されて客がリビングに入ってきた。

「こ、こここんにちは」

やっぱりエリカの侍女、エレーニだった。

いつにもまして小動物チックに怯えているその姿は見ていてちょっと和んでしまう。

「えっと、来たのはお前だけなのか？」

「は、はい。エリカ様のお手紙を持ってきました」

「エリカの手紙？　なんで？　本人はどうしたんだ？」

「え、エリカ様の言葉を復唱します」

エレーニはそう言って、ビシッと背筋を伸ばし、かかとを揃えて今にも「敬礼！」をし出しそうな感じになった。

そして――。

「本気でダーリンに勝って、ダーリンを手に入れたいから、それまではダーリン断ちする
ね――で、です」

「お、おう……」

その「ダーリン断ち」に果たして意味があるのかは分からないが、エリカの本気度が伝わっ
てきた。

何かをする前に、一番大事にしてるものを断ってしまうのは、エリカだけじゃなくて普通の
人もやってることだ。

願掛け程度の効果しかないって言う人も、ものすごく効果があるって言う人もいる。

それをエリカがやってきたというのは……ちょっと、いやかなりよくなかった。

「……もしかして、カオリもか?」

「は、ははい！　魔王も勝つまでは『甥っ子エナジー断ち』するって言ってました」

「そんなエナジー初耳だけど⁉」

「ひぃ！」

というかかなりヤバイ、めちゃくちゃヤバイ。

あのカオリまでもが「俺断ち」するだって?

カオリは結構ノリで生きている。

そういうタイプは、間違いなくこういう「断ち」系が効く。

むしろ今にもカオリに会いに行った方がいいかもしれない、って思ってしまうくらいカオリの「甥っ子エナジー断ち」はヤバく感じた。

「あ、あの」

「え」

「ここ、これを」

エレーニはそう言いながら、ますますおどおどした様子で手紙を差し出してきた。

俺はエレーニに謝った。

「ああ、悪い悪い」

カオリの「甥っ子エナジー断ち」で突っ込んだ瞬間、彼女は悲鳴をあげて小さくなっていた。

元々小動物チックな感じで怯えがちな彼女だ、大声を出して脅かすのはあまりよくないな。

俺は——あまり笑えないけど——笑顔を作って、手紙を受け取った。

カランバ王国の印でされている封を切って、開けて中を取り出す。

中身は、降伏勧告の文書だった。

俺がちょっと前にやってた、正式な用語、正式な書体、正式な署名。

それらを盛り込んだ正式な文書。

降伏すれば悪いようにはしない、しかし抵抗すれば容赦はしない。

という内容を、古式ゆかしい文面で綴られていた。

エリカは本気でここを――いや、俺を狙ってきてるみたいだな。

俺ははあ、とため息をついて、手紙を封筒に戻した。

「ありがとう、読んだよ。えっとエリカには――ってどうしたんだ？」

返事の伝言を頼もうとして、エレーニがものすごく驚いていることに気づいた。

目が普段の倍以上に大きく見開かれて、口も大きく開け放たれてポカーンとなっている。

「どうした」

「ど、どうして効かないんですか？」

「効かないって――ちょっと待って、これに何か仕込んだのか!?」

普通に持っていた封筒、瞬間、俺は親指と人差し指で摘むように持ち替えた。

「の、のの呪いです。聖教会の不死の聖女様に頼み込んで、かか、かけてもらった不能の呪いです」

「怖いよ君!?　って、さっき怯えてたのそのせいなの!?」

俺が大声を出したからじゃなくて、俺に呪いをかけようとした――いわば暗殺者的な緊張からくる怯えだったのか！

俺は封筒を見た。

確かに、うっすらと呪いの魔力的なものが残留している。

気づかなかったけど、これ、永続系の呪いだ。

「普通にレジストしてて気づかなかった……」

「ええっ……」

「ってか、なんの呪いだったんだこれ？」

「い、いい一生女の人とアレが出来なくなる呪いです」

「こわっ！　ストレートに命をとりに来てくれよ頼むから！」

そんな死んだ方がましな呪い、万が一かかってたらシャレにならないぞ。

「し、しし死んでしまったら無敵です。ええ、エリカ様の中に永遠に生き続けます」

「あ、はい」

ものすごく納得出来る理由を言われた。

というか、それがわかるくらいの冷静さがあるのね。

俺はエレーニを見た。

ただ見つめるだけじゃなく、彼女という人間を見定めるような目で見つめた。

これまで、エリカの侍女――飼っているペットって感じに思ってた。

いつもおどおどしてるし、エリカの命令に従ってばかりいた。

最初に会ったときも、エリカの命令で自爆しようとしてた。

だから、エリカに従うだけの子だと思っていたけど……違ったみたいだ。

少なくとも、今のエリカは彼女にこんな命令はしない。

「なんでこんなことをした――エリカの命令か？」

俺は一瞬考えて、あえてエレーニが怒りそうな聞き方をした。

「違います！」

案の定、彼女は強く否定した。

今までで一番よどみない口調で、全身で怒りを露わにするほどの強い否定だ。

「エリカ様だったら、手紙を届けに来た私を押し倒すように仕向けます」

「なんでえ⁉」

「英雄は色を好むから、エリカ様はそういう方がお好きです！」

「ああ……そうだっけ」

本日二度目の納得だ。

そもそもエリカと知り合ったきっかけが彼女のハーレムがらみだったな。

そのハーレムごと俺に献上しようとしてるから、そういうタイプが好きなのは間違いないだろうなあ。

「わ、私の独断です」

エリカに関係する主張が終わって、エレーニは元の、怯えが多分に混じる口調に戻ってしまった。

「ああ、あなたにエリカ様は相応しくありません。男としてダメになったら、エリカ様も自然と冷めていくはず。そう思って……」

「なるほどな」

まあ、今のエリカのことを考えたら、その呪い……最善とは言えないけど、まあまあ有効な手なのかもな。

呪いのかかり方にもよるけど、男性の機能にかける呪いなんて、発見するまで時間掛かるし、それを解くまでにも時間がかかる。

その間にゆるゆるとエリカが冷めていくのを待つ――ってのがエレーニの描いた絵図だったんだろうな。

「話は分かった」

「――っ！」

エレーニはビクッとして、目をキュッとつむって、小さく縮こまった。

当たり前の反応だ。

命に関わるようなものじゃないけど、これは暗殺と本質がおなじだ。

失敗した暗殺者の処遇なんて相場が決まってる。

エレーニはそれを知って、身がすくんでいるのだ。

「前も言ったけど、お前はもっと自分を大事にしろ」

「え？」

「今やってるの自爆と一緒だろ？　死を覚悟してこんなことをやってるんだから」

「それは……」

「お前は賢いいい女なんだから、こういう暴走はもうやめて、自分を大事にした方がいい。もったいなさすぎる」

「――っ！」

　ズキューン！

「へ？　何今の音」

　なんか変な音が聞こえた。

　なんというか、ものすごく不吉な感じがする音。

　ふと、エレーニの表情が目に入った。

「……」

「な、なんで顔赤くなってんの？」

　俺はおそるおそる聞いてみた。

「あ、ああ赤くなんかなななななってないですすすすす！」

「分かった分かった、分かったから落ち着いて」

「ないですうううう!!」

まるで捨て台詞(ぜりふ)のように言って、エレーニは脱兎(だつと)の如く逃げ出してしまった。

意外な傍足に、俺はあっけにとられて、呆然(ぼうぜん)と彼女を見送ってしまう形になった。

彼女がいなくなった後のリビングで、俺は。

「ま、まあ。赤くなんかなってないし、別に意味はないよな、うん」

と、今のことを忘れようとしたのだが。

「んふふ……見ましたよヘルメス」

「どわっ！　ね、姉さんいつからそこに?」

いつの間にか現れた姉さんが、ニヤニヤして俺を見ていた。

俺は察した、姉さんが何を言おうとしているのか。

「待って、待ってくれ姉さん、アレは——」

「好かれちゃいましたね」

「ぐはっ！」

言葉にすると、本当になるような気がして。

それで強引にでも目を逸(そ)らしていたのが——姉さんにはっきりと言葉にされてしまって。

俺は、がっくりと地面に崩れ落ちたのだった。

109 想定内の戦い

ピンドス郊外、俺は連合軍と向き合っていた。

向こうは魔王カオリ、それにカランバ王国軍約三千人。

こっちは……俺一人だ。

向こうが先に陣取っているところに、俺が単身でやってきた。

俺がついた途端に、カオリがビューン！　と飛んできた。

「待ってたのだ。甥っ子ちゃん待たせすぎなのだ」

「そうか？」

「でもかまわないのだ。こういうのはミヤモトムサシ戦法だって、お父様が昔に言っていたのだ」

「ミヤモトムサシってどういう意味だ？」

「さあ、わからないのだ」

カオリはいつも通りのカオリだった。

その行動で明らかにちょっと混乱するカランバ軍を放っておいて、俺とこうやって話しているのもいつものカオリ。

訳の分からない、父親とか母親が言ってたことを話してくるのもいつも通りだ。

まあ、でも。

カオリの言う「お父様」って、いつも話に出てくるあの人のことなんだろ？

その男が言ってた戦法ならきっと何かあるんだろう。

それを偶然俺がやってのけた……ということは。

「一つ頼みを聞いてくれ。じゃないとこのまま逃げちゃうからな」

「それは困るのだ！　なんなのだ？　コモトリアの全部の女を差し出せば良いのだ？」

「いらないよそんなの！」

「いらないのだ？　カランバの女王が、男ならみんな大好き、税金の代わりに初夜権の結婚税を取ると甥っ子ちゃん喜ぶって言ってたのだ」

「絶対にいらないからそれ！」

いや喜ぶ男もいるだろうけど。

「わかったのだ、コモトリアではしないのだ」

「そうしてくれ」

エリカはまた後で言い聞かせる必要があるな。

「それよりも頼みごとってなんなのだ？」

「そのミヤモトムサシ戦法？　を、俺がやったことを誰にも言わないでくれ」

「言わない方がいいのだ？」

「ああ。えっと……そう、俺とカオリだけの秘密だ」

「甥っ子ちゃんとの秘密……」

「どうだ？」

「わかったのだ！」

少し考えたあと、カオリはパアァ――と瞳を輝かせた。

よし……ちょろい。

カオリは基本、遊び友達として付き合ってやればこれくらいチョロくなってくれる。

まあ……ガチった場合全然チョロくないけどな。

魔王だし、ン百年の鬱憤を晴らしてる一面もあるし、常に全力でかかってくる。

こっちもかなり真剣にやらないと跡形もなく消し飛びかねない。

「ダーリン！」

カオリとの話が一段落したところに、今度はエリカがやってきた。

姫ドレス姿のエリカも、三千人の兵士を置いて単身でやってきた。

「手加減しないからね、絶対ここを落として、ダーリンとの愛の巣を作るんだから」

「できれば今すぐ撤退してくれると嬉しいんだが」

「それだとエリカ、ダーリンのところにくる正当性がなくなっちゃうからだめ」

「いやこの戦いにも正当性はないでしょうよ……」

俺はそう言ったが、エリカは悪びれなかった。

「でもいいのダーリン？　一人で」

「甥っ子ちゃんは私と戦えるくらい強いのだ、一人でもへっちゃらなのだ」

お前はどっちの味方なんだ、って苦笑いしたくなるくらい、カオリは俺の肩を持ってくれた。

「でもでも、カオリンと戦ってる時に三千の兵を相手にするのは無理なんでしょ？」

カオリン？

エリリン？

「もちろんなのだ。邪魔をしたらエリリンの奴隷もろとも吹っ飛ばすのだ」

えっとキミたち……そんなに仲良くなっちゃったわけ？

「吹っ飛ばさないでよ、邪魔しないから」

「それなら良いのだ」

「あー、えっと。じゃあそろそろ始めよっか」

「うん！」

「わかったのだ！」

二人は応じて、エリカは身を翻して、引き連れてきた兵の元に引き返していった。

それを見たカオリも、「バイバイなのだ」といって、飛んで元の場所に戻っていった。

そんなことはないが、二人とも示し合わせたかのように、一旦「スタートライン」に戻った。

俺は空を見上げた。

太陽がやけにまぶしいぜ——と、ちょっとだけやけになった。

直後、ドラがなった。

エリカのカランバ軍から聞こえてきたものだ。

それを合図にカランバ軍が前進を始め、カオリもちょっと遅れて微速前進を始めた。

俺の取り合いにならないように、カオリが初っぱなから控えてくれた。

それがありがたかった。

その「間」を利用して、俺は足元に魔法をぶつけた。

爆発の魔法を大規模で地面にぶつけた。

次の瞬間、俺を中心にした半径百メートルの空間に大規模な砂塵が巻き起こった。

俺の視界もゼロだが——感じる。

カランバ軍の軍気——全軍が停止しているのを感じた。

「カオリは止まらないか」

苦笑いしつつ、つぶやく。

まあ、カオリにとってこんなの関係ないもんな。

だが、問題ない。

俺はカモフラージュの中で、次のステップに進めた。

前もって用意してきた複数の魔法を同時に発動させた。

そして、砂煙が徐々に晴れる。

それとともに向こうからどよめきが聞こえてきて、砂煙が完全に晴れた頃には、動揺が最高潮に達した。

耳を澄ませて向こうの声を拾ってみると。

「ど、どこから現れたんだあれは？」

「三千人はいるぞ」

「伏兵だったんだ！」

と、カランバ軍は、俺のまわりに作り出したデコイに引っかかってくれた。

それに。

「あの女はだれだ？」

「男がいなくなったぞ？」

「兵士の中に紛れたのか？」

俺の姿にも気づいたらしい。

「あれは……前魔王アウラ!?」

もっと気づいたのはやはりというか、エリカだった。

彼女は俺を見て驚愕している。

これが俺のしかけたカモフラージュ。

エリカの変装魔法を応用したものだ。

今の俺のまわりには、触ったら催眠効果が爆発する、魔力の塊を三千人分作った。

その魔力の塊に変装魔法をかけて、人間の兵士に見えるようにした。

そうすることで、兵士たちを無力化する算段だ。

そして、俺自身にも変装魔法をかけた。

このために調べてきた、前魔王アウラの格好に変装した。

「何をいっているのだ?」

カオリはエリカ、そしてカランバ軍の動揺に首を傾げた。

エリカが使ってるのを見て覚えたこの魔法は、自分より力が強い人間じゃないと見破れない魔法。

もっと正しく言えば、使った魔力の量より高くなければ見破れない魔法だ。

それを俺は、「人間をちょっと超えたレベル」で自分にかけた。

すると、普通の人間には俺の姿は前魔王アウラに見える、でもカオリには普通に俺に見える。

「一番槍もーらい、なのだ！」

カオリは突進してきて、パンチを放ってきた。

それをガードした俺、衝撃波が巻き起こった。

案の定、騙さなかったカオリは何も考えないで、俺に殴りかかってきた。

しかし、それを騙したカランバ軍――エリカの目には。

「前魔王アウラとカオリンが……ダーリン、前の魔王を召喚したのね」

と勘違いしてくれた。

もともと、俺一人でカオリとカランバ軍を相手にするのは難しいと思っていたエリカだ。

賢い彼女は、俺が前魔王を召喚してカオリ対策にした、と思ってくれた。

そして、三千人の兵士が目撃者になる。

今は「魔王と知らない女」が戦っているように見えるが。

ドゴーン！

「あはははは、久しぶりのフルパワーなのだ！」

カオリとは真面目に戦った。

ぶつかり合ったエネルギーの余波がカランバ軍の兵士を、まるで嵐のように揺らがせ、なぎ倒した。

この光景を目撃したカランバ軍の兵士三千人は、最終的に「魔王母娘のケンカ」として証言してくれるはずだ。

俺はカオリと戦った。

エリカは俺を探して捕縛(ほばく)するようにと命じて、カランバ軍を再び前進させた。

俺の「兵士」と交戦したカランバ軍は、次々と眠りの魔法にかかって、無力化されていった。

「たーのしー、なのだ！」

このままいけば、俺は「勝てないから前魔王を引っ張ってきた」程度の人間で終わる。

それはそれで大それた所業だが、カオリと三千人の兵を単身撃退して上がる名声に比べればずっといい。

だから俺は、慎重にカオリと戦って、この流れを保つように集中した。

そして――空が暗くなる。

何かがこの場にいる全員を覆(おお)った。

俺は顔を上げた。

空から――隕石が降ってきた。

「想定内！」

俺は剣を抜き放ちながら。

「カオリ！　アレは俺たちを邪魔するものだ！」

「確かに邪魔なのだ！」

俺はカオリを誘って、「やっぱり」現れた隕石を粉々にした。
そして——

110 すきにして

「アレを壊せるか？　無理だったら俺がやるけど」

「誰にものをいってるのだ、魔王に壊せないものなど存在しないのだ」

戦いの真っ最中で昂っているからか、カオリは簡単に誘導に乗っかった。

まっすぐと隕石に向かって飛んでいって、体当たり気味のパンチを放った。

矢のように突き刺さって、なんなら貫通すると思われたカオリのパンチは、当たった瞬間、隕石を粉々にかち割った。

「チリ一つのこさないのだ」

悪役のような台詞を吐きながら、無数の魔力弾を放って、飛び散った隕石のかけらを撃って片っ端からさらに砕いていく。

広がる隕石の砂煙。

一瞬の出来事だった、まるで空に咲いた大輪の花火のような光景に、地上にいる者たちは視線が釘付けになった。

それを予想していた俺は、二つの魔法を放った。

一つは大規模な眠りの魔法。

こうした眠りの魔法は、特に相手の意識が逸れている時によくきく。

カランバ王国の兵士はバタバタと倒れていった。

そしてもうひとつ、空間を開く魔法。

オルティアに乞われて休暇をする時に使ったあれで、空間をひらいた。

誰も邪魔が入らない空間に、隕石の残骸を吸い込む。

空中に広がるばらばらに砕け散った隕石を全部吸い込んだ。

一つは証拠隠滅、もう一つ証拠保全。

俺の関与を後々察知されないために回収して、いい加減隕石との因縁を断ち切るための証拠として回収した。

隕石が降ってきた瞬間から状況が一変した。

戦場となるところに立っていたのは、俺と着地したカオリ、それに眠りで全滅した自分の兵士たちを見て驚くエリカ。

この三人だけになった。

「すごいのだ甥っ子ちゃん、それはこの前のアレなのだ？」

着地したカオリは興奮気味に聞いてきた。

「ああ」

「なるほどなのだ。そういう使い方もあるなんて思ってもなかったのだ」

ますます興奮するカオリ。

その興奮が、戦意にそのままスライドした。

「ますます楽しくなってきたのだ、続きをやるのだ甥っ子ちゃん」

「ああ」

邪魔者は消したから、遠慮（えんりょ）なく戦えるぞというカオリに付き合ってやった。

目撃者はもうエリカしか残っていない。

エリカだけなら、見られても平気だ。

彼女はもはや、姉さんと同じだった。

俺をダーリンと呼んで、熱狂的な好意を寄せてくる彼女には、隠しても無駄だと思った。

そして熱狂的であるからこそ、彼女だけが目撃者の場合、力を出しても大丈夫だ。

強烈な信者が力説するすごさは、大抵まともに取り合ってもらえないものだ。

だから俺はカオリに付き合った。

「兵士を傷つけたらいけない、空でやろう」

「飛行バトル最高なのだ！」

俺の提案にノリノリでついてきたカオリ。

そんな彼女の気が済むまで、俺は、空の上で延々と戦いに付き合ってやったのだった。

☆

戦いの後、地上に降りてきた俺は、エリカの前に立った。

ちなみにカオリは上機嫌のままどこかに飛んでいった。

「待たせたな」

「やっぱりダーリンだった」

「え？　ああ、そうだったたそうだった」

俺は変装の魔法を解いた。

カオリには普通に見えていたから、俺自身それをかけていることを忘れてしまっていた。

倒れていびきをかいている兵士に追い眠りをかけつつ、変装を解いた。

「やっぱり」

「分かるか、さすがに」

「魔王と互角に戦える人なんて、ダーリンしかいないから」

エリカはニコニコして、上機嫌でそう言った。

「やっぱりダーリンはすごいな」

「そうか？　カオリと互角に戦えるってのは、エリカも言ってたけど、分かってたことじゃないのか？」

「ううん、こっちの話」

エリカはそう言って、ぐるっと一周、倒れている兵士たちを見回した。

「一瞬でこっちを全員無力化したことだよ」

「そっちか」

「隕石を落としてきた時はびっくりしたけど、その隕石の被害がゼロだったのもびっくりした」

「……ああ」

なるほど、そういう解釈をするのか。

エリカの中では、あの隕石を落としたのは俺だって思っているみたいだ。

隕石というものすごいインパクトで気を逸らして、その間全員を眠らせた。

その勘違いは都合が良いから、このまま乗っかることにした。

「まあ、これくらいはな」

「うわ……さすがダーリン」

「ところで、これは俺の勝ちでいいよな」

そういうと、エリカはブスッと、唇を尖らせた。

そのまま顔をプイと背けて。

「エリカ、まだ本気を出してないもん」

「本気出してないもんじゃなくてな」

俺はため息をついた。

エリカのそれは、完全に子供が駄々をこねてるだけの感じだ。

早くも賢女王との呼び声高いエリカなのに、精神年齢が一気に十くらい下がったように感じた。

「本気出さなくても俺の勝ち。カオリも撃退したから、この話はここまで」

「ダーリン……」

一変、今度は捨てられた子犬のような、濡れた瞳で俺にすがってきた。

今回のことでよく分かった。

エリカは、完全に突き放したらダメだ。

彼女には行動力がある、実現する「力」がある、そして常識という名のブレーキがない。

こっちで、ダメージの少ない方向に誘導してやる必要がある。

「そのかわり、在外公館――みたいなのをピンドスに作っていいから」

「本当に!?」

エリカは瞳を輝かせた。

他国の外交官が住んだり、業務をしたりする場所だ。

ある意味、「外国の要人が堂々といていい場所」なのだ。

それを提案したら、エリカは大喜びで俺に抱きついてきて。

「ありがとう、ダーリン大好き！」

なんだかさらに深みにはまったような気がしないでもないが、今はとりあえず乗り切ったことを良しとするしかなかった。

☆

夜、屋敷の執務室で。

俺は確保した隕石の一部分を見つめていた。

兄さんたちを襲ったことが発端となった、一連の隕石。

何かがある度に、俺の前に隕石が現れる。

今回も、まるで「一網打尽」にするかのように、隕石が降ってきた。

間違いなく何かがある。

コンコン。

「だれだ？」

「エリカだよ」

「エリカ？　どうした」

俺が応じると、ドアが開いて、エリカが入ってきた。

あの後、カランバの兵士を起こして還したが、エリカはそのままついてきた。

ピンドスに公館を建ててもいいって言った手前、断れないし断ったらせっかくまとまった話がこじれてしまうから、エリカがついてくるのを認めた。

押しかけ女房のような——いやそのもののエリカは、なし崩しで屋敷に再び数日間滞在することになった。

「どうした、何か足りない物でもあったのか？　メイドに言えばなんでも揃えさせるって言っておいたぞ」

「そうじゃないの」

「じゃあなんだ？」

ふと、俺は気づく。

エリカの目が濡れて、頬が上気していることに。

「あのね、ダーリン」

「うん？」

「今日のダーリン、すごくかっこよかった。ダーリンがあんなに長く戦ったのをはじめて見た」

「ああ……カオリとがっつりやり合ったのを見たのは初めてか」

ちょっとしたぶつかり合いは何度も見せてた気がするけど、たしかに今日みたいにがっつり殴(なぐ)り合ったのは初めて見せるかもしれない。

「すごく、すごくかっこよかったよ、ダーリン。エリカ、もっともっとダーリンのことが好きになっちゃった」

「……」

何を言えばいいのか分からなかった。

何を言っても、さらに深みにはまってしまいそうだったから何も言えなかった。

戸惑いながら口をつぐんでいると、エリカがさらに一歩前に進み出た。

「あのね、ダーリン。エリカのこと、好き?」

「それは――」

「エリカは、大好き」

彼女はそう言って、しゅるり、と腰の何かを引き抜いた。

直後、彼女が着ていた服がしゅるり、と衣擦(きぬず)れの音とともに滑り落ちた。

「なっ!」

「ダーリン、エリカのこと……好きになって」

生まれたままの姿になったエリカは、ますます濡れた熱い瞳で俺を見つめたのだった。

書き下ろし　エリカはまだ、本気を出していない

エリカ・リカ・カランバは誰も従えずに、単身で地下牢へ続く石畳の階段を降りていった。

壁に掛けられているかがり火と、手元に持っているランタン。

二つの揺れる灯りが、彼女の能面のような顔をさらに複雑に揺らしていた。

階段を一番下まで降りきって、迷いなく奥へと進んでいく。

饐えた臭いの中、彼女は最奥の房、その鉄格子の前に立った。

「お兄様」

「エリカ!?」

彼女の静かで冷たい声とは実に対照的な、動揺と不安の声とともに、一人の青年が鉄格子をつかんで、しがみついた。

おそらく過日までは相当の色男であっただろうと思わせる甘いマスクに、やや汚れているがそれでも仕立ての良さを隠しきれない貴族服。

モンディス・カランバ。

エリカの長兄にして、王位にもっとも近かった男だ。

「いいところに来たエリカ！　さあここから出せ。連中め俺をはめやがって、ここから出たらただじゃおかねえ」

「お兄様」

既に気持ちが先へ行っていて、興奮するモンディスに対して、エリカの口調はぞっとするくらい底冷えするものだった。

ちょっとでも察しがいい——いや、人並みの神経があれば異変に気づきそうなものだが、モンディスは良くも悪くも王候貴族の見本のような男で、そういうことが自分に降りかかってくるとは微塵（みじん）も思っていなかった。

だから、エリカの静かな殺意にもまったく気づいていない。

「うん、なんだ？」

「お兄様をここに入れたのは、エリカでございます」

「……は？」

「エリカが、お兄様を罠（わな）にはめて、ここに閉じ込めたんです」

「何をばかな事を言ってるんだエリカ。ここから出せ、ゆっくりと話を聞いてやるから、なっ？」

「……」

　エリカは静かに首を振った。

　もう少し感情が豊かな人物であれば、ことここにいたってなお、自分を上位に置いているモンディスに冷笑の一つでも送ったのだろうが、エリカはそういうタイプではない。

理想のためには手段を選ばない、それ以外のことに興味を示さない。

　それがエリカ・リカ・カランバ。

　かつてエリカ・カランバだった少女が自分で作りあげたキャラだ。

「お兄様……これを持って参りました」

　エリカはそう言って、袖の中からすぅーと小さな瓶を取り出した。

「なんだそれは。香水か？」

「毒薬です」

「は？」

「一口で、眠るように絶命する毒薬です。ご安心下さい、苦しみは一切ありません」

「……な、何を言ってるんだエリカ」

　ようやくエリカの殺意に気づき始めるモンディス。

　それでも、まだ理解が周回遅れと言わざるをえない。

「お兄様が病気で亡くなられれば、家の皆さんはそのまま、今までの暮らしが出来ます。エリカはお兄様をギロチンにかけたくはありません。そうしてしまうと、お義姉様たちも処刑しなくてはなりません」

「何を言ってるんだエリカ!? ここを開けろ！ ちゃんと話をしよう。い、いや。医者だ、ちゃんとした医者をつけてやる！ だからここから出せ」

「お兄様」

どんどんパニックになっていくモンディスに対して、エリカはどこまでも冷静――いや冷徹だった。

「なんだ！」

「一時間差し上げます。それを過ぎると、お兄様を反逆者として処理します」

「何をふざけたことを！ 俺がどうして反逆者になる！」

「カサンドラという子は、私がお兄様の元に送ったハニートラップです」

「な、なに？」

「お兄様は色香に酔って、彼女に多くの機密を漏らしてしまいました。ここしばらくメルクーリにいいようにされていたのはお兄様のせいなのです」

「な、なにを……何を言ってるんだ、お前は……」

表情が強ばり、徐々に青ざめていく。

モンディスの目には、血の繋がった妹ではなく、何か得体の知れない生き物のように見えてきた。

「お兄様はそのことに気づき、自分で罪のすべてをかぶって自害なさいました。男の身勝手な下半身から始まった過失、お義姉様たちをそれで罰することは出来ません」

ということです――を、エリカは目で告げた。

「ふざけるな!!」

モンディスは怒鳴った。

エリカが現れてから一番の大声で怒鳴った。

「お前は何をやってるのか分かってるのか？　実の兄を罠にはめて殺そうとしてるんだぞ！　それがどんなことなのか分かってるのか！」

「ええ、分かってますよ」

「だったら！」

「お兄様こそ分かってらっしゃるのですか？」

「なにを!?」

「王国に不利益を与える手段をとってでも、お兄様を排除しようとするエリカの決意、本気度を」

「――っ！」

モンディスは息を呑んだ。

ここにきて、ようやくすべてを理解した、そんな感じの顔だ。

「ま、待ってエリカ。話そう。ゆっくり話せば分かる」

「もう、話すことはありません」

エリカはしゃがんで、毒薬入りの小瓶をモンディスの手が届く範囲に置いた。

そして立ち上がって、くるりと身を翻して歩き出した。

「待てエリカ！　待ってくれ！　待てえええええ!!」

モンディスは喉から血を吐くほど叫んだが、エリカはたったの一度も振り返ることはなかった。

☆

エリカ・リカ・カランバ。

生まれた時はエリカ・カランバと名付けられたプリンセスは、強い憧憬から、かつての賢女王リカ・カランバの名前をいただくまでになった。

その行為を、カランバの王族は誰も疑問に思わなかった。

リカ・カランバは王国史上最高の名君として名を残していて、王族がそれに憧れることをとがめる者はいない。

いや、むしろ皆が微笑ましく見守ったほどだ。

「えりか、りかさまのようになる」

強い憧れを訴えた女の子の無邪気な笑顔が王族たちの、特に重鎮たちの記憶に微笑ましく残ったからだ。

だが、エリカはただの女の子でもなく、温室育ちのお姫様でもなかった。

リカ・カランバの治世、その施政をすべて理解し改善を行える賢明な頭脳と、それを再現せんとする鋼(はがね)のような意志を持ち合わせている、たぐいまれなる政治家であった。

彼女は、様々な手段で政敵となり得るものを排除していった。

たとえ実の兄であろうと、リカの治世を理解せず古いものと鼻で笑う男は、罠にはめて自害せざるをえない状況まで追い込んだ。

そうして、謀略(ぼうりゃく)と陰謀(いんぼう)によって両手が血にまみれた頃。

エリカ・リカ・カランバは、独裁を可能とした状態で、王位に就(つ)いたのだった。

☆

「ダーリン!!」

「うわっ！」

ヘルメスが、いい天気だからと庭に出て、適当にだらだらくつろごうとすると、どこからか現れてきたエリカが抱きついてきた。

ほとんどタックルに等しい抱きつき、というか飛びつき。

バランスを崩しかけて倒れそうになったのを、慌てて踏みとどまった。

「エリカ」

「ダーリン好き。エリカと結婚して」

「いきなりすぎる」

「いきなりなのはきらい？」

「程度による、いきなりすぎるのはさすがについていけない」

「そっか……ごめんなさいダーリン……」

エリカはシュンとした。

楚々としたその姿をみて若干申し訳なさを感じたが。

「エリカ反省、だから結婚して」

「だからの意味がわからない！」

「どうしても結婚がだめなら、内縁の妻か愛人かスイートマイハニーでいいから」

「全部同じようなもんだろ、てか最後のはなに!?」

「ああん、きっちり全部突っ込んでくれるダーリン好き」

エリカはますます俺の腰にしがみつきながら、頬をすりすりしてきた。

突っ込みきれないしどうあってもやめてくれなさそうだったから、俺はエリカの好きにさせたまま、メイドを呼んで庭に椅子やらを用意させて、いつものようにくつろぎだした。

エリカは俺にしがみついたまま、俺の上で猫の様にゴロゴロしている。

「えへへ……」

「ん？　なんだ」

「ダーリンと一緒にごろごろするの好き？」

「そうか？　まあ、ごろごろするのはやぶさかじゃないんだが……エリカは女王なんだろ？　いいのかこんなところでごろごろしてたりして」

「大丈夫、本当に緊急な案件はエレーニが届けてくれるし。大丈夫なのはためて、帰ってからまとめて処理するんだ」

「まるで夏休みの宿題みたいな言い方をするな」

俺は苦笑いした。

エリカは女王、五大国の一つ、大陸最強国の女王だ。

その政務を、まるでたまった宿題のように一気にやればいい、なんて言われれば苦笑いの一つも出てくる。

「本当に大丈夫なのか？」

「うん、大丈夫」

「本当に本当か?」

「本当に本当。あのね、ダーリン」

エリカは俺の上にうつ伏せで寝そべりながら、顔を上げて上目遣いで見つめてきた。

その顔が無邪気で、可愛くて。

「エリカ、まだ本気を出してないけどね」

そして、ニッコリと。

その笑みに、不覚にもちょっとどきっとしてしまった。

「本気を出したらすごいんだから」

「いやいや……」

まあ、別にいっか。

若い女王、その国許には有能な大臣が仕切ってるのがお約束、定番ってもんだ。

エリカがこんなところで油を売ってても大丈夫なんだろう。

「にしても……本気を出してないって言うけど、本気を出したらどうなるんだ？」

「うーん、教えたげない」

「うん？」

「エリカが本気出したら、ダーリンに嫌われちゃうから」

「はいはい」

うららかな陽気の下で。
俺は、エリカとどうでもいい話をしながら、その場でくつろいだのだった。

あとがき

人は小説を書く、小説が書くのは人。


皆様お久しぶり、あるいは初めまして。

台湾人ライトノベル作家の三木なずなでございます。

この度は『俺はまだ、本気を出していない』の第四巻を手に取って下さりありがとうございます！


皆様のおかげで第四巻をお届けすることが出来ました。

前回も申し上げましたように、商業小説の第三巻以降は既刊の売り上げを見て、刊行するかどうかを判断します。

そして当然、どの作品にとっても当たり前のことですが、巻数を重ねるごとに売り上げが下がっていきます。つまり巻数が伸びれば伸びるほど、続刊を判断するための数字が厳しいものとなります。

そんな中、本作が四巻まで来られましたのは、ひとえに皆様のおかげでございます。

四巻を出せたのは一〇〇％、これを買って下さった皆様のおかげです。


そして、詳しいやりとりの内容は申し上げられませんが、

「そろそろ完結できるように内容作って下さい」

的な事を一時期言われていたのが、売り上げが好調だったため、おそらくですがちょっと続けられそうな感じになってきました。

本当に皆様のおかげです！　本シリーズを買って下さった皆様のおかげで続けていられます！

本当に！　本当にありがとうございます!!


作者に出来ることは実にシンプルだと考えてます。

それは、「買い続けていただいた方に次も満足してもらう」ことだと思います。

そしてどういうもので満足するのか——それはずばり、奇をてらわずその作品らしい面白さ

を続けることだと思います。

トラブってダークネスったら、同じ方向性でより過激に。

頭空っぽにたーのしーってなったら、内外ともに同じ方向性でたーのしーく。

えっちぃマンガでセックスシーンがなかったら今度は出版社にテ○ガ一年分の三六五○個を損害賠償で請求していいと思います。

それくらい、読者の支えでハードルを越えた作品は、同じ方向性でより洗練したものを提供して喜ばせなければならないと思います。

亀有公園前の派出所に勤務してる警官を、毎回成功からの大失敗をするのを読者様が待っているのと同じことだと思います。

ということで、今回も最強で無双だけど、隠すことだけは大下手でついつい失敗を重ねて、なんやかんやでいい思いをするヘルメスの話となりました。

本作はこれまでそんな話でした、今回もまったく今まで通りの話でした。

今まで買ってくれた方は、ぜひ今回も安心してお手に取って下さい。

この巻だけ読まれた方は、是非一巻からお手に取ってみて下さい、まったく同じテイストで続けてきてます。

最後に謝辞です。

イラスト担当のさくらねこ様。今回も素晴らしいイラストをありがとうございます。エリカは見る度にうっとりしてます。

担当編集T様。今回も色々ありがとうございました！　この作品をご一緒できて光栄です。出来ればもうちょっと続けたいです！

四巻まで刊行させて下さったダッシュエックス文庫様。本当にありがとうございます、足を向けて寝られません！

これを手に取って下さった読者の皆様方、その方々に届けて下さった書店の皆様。

本書に携わった多くの方々に厚く御礼申し上げます。

五巻もお手に取って頂けることを祈りつつ、筆を置かせて頂きます。

二〇二〇年二月某日　なずな　拝

ダッシュエックス文庫

俺はまだ、本気を出していない4

三木なずな

2020年3月30日　第1刷発行

★定価はカバーに表示してあります

発行者　北畠輝幸
発行所　株式会社　集英社
〒101−8050　東京都千代田区一ツ橋2−5−10
03(3230)6229(編集)
03(3230)6393(販売／書店専用) 03(3230)6080(読者係)
印刷所　大日本印刷株式会社

ISBN978-4-08-631357-5 C0193